jitsuryoku-syugi ni
hirowareta kannteishi

実力主義に拾われた鑑定士

〜奴隷扱いだった母国を捨てて、
敵国の英雄はじめました〜

2

usuazimeron
薄味メロン

Illustration
桶乃かもく

フィオラン
どこか残念な性格のお姉さん。実は弓術の才能を秘めている。
マルリア
ツンデレな訓練生。成績優秀だが、最近は伸び悩み気味……
リリ
羊の角と尻尾を持つ、心優しい少女。アルトに支援魔法の素質を見出される。
サーラ
クールな訓練生の少女。成績は首席で、天才的な剣術センスを持つ。
アルト
本作の主人公。敵国である帝国軍人に鑑定魔法の才能を認められて亡命し、将軍候補としての第二の人生を送る。

MAIN CHARACTER
主な登場人物
ルルベール
老練で豪気な帝国軍少佐。厳しくも温かい目でアルトたちを見守る。
シュプル
帝国を治める女王様。民から絶対的な支持を集める人格者。
ルドルフ
物腰柔らかな帝国軍少佐。アルトの才能と実力に期待を寄せる。

プロローグ　アルトが消えた王国

鑑定士アルトがドラムド王国から忽然《こつぜん》と姿を消してから一ヶ月が過ぎたある日。

鑑定待ちの物品が天井まで積み上げられたとある倉庫に、男の怒鳴り声が響いた。

「また終わらなかっただと⁉　お前は何をしていたんだ！」

「いっ、いえ、それが――」

「言い訳など聞く気はない！」

弁解しようとした臨時の鑑定士に対してそう叫んだのは、アルトの元上司――アンメリザ男爵だった。彼は血走った目で男を睨《にら》みつける。

アルトが突然いなくなり、アンメリザは苛立ちを覚えながらも代わりの平民を雇った。

それから一ヶ月経ったが、部屋の中に押し込められた未鑑定の物品が減らない。それどころか増え続けている。

「毎日毎日、鑑定待ちの品物が積み上がるのはどういうことだ！　お前は何をしていた！」

アンメリザは怒声を発しながら、積み上げられたダンボールを床に叩きつけた。中身は何が入っているか知らないが、どうせ平民が持ち込んだもの。ゴミ同然の価値しかないだろう。

「――で、ですが。こんな量を鑑定するには、魔力が足りな――」

「言い訳を聞く気はないと言っているだろ‼」

アンメリザが男の肩を突き飛ばした。ボロボロの服に包《つつ》まれたみすぼらしい体が、鑑定待ちの品々の山にぶつかる。物品が崩《くず》れ、男がその中に埋もれてしまった。

――平民風情《ふぜい》が、無駄に仕事を増やしやがって。

アンメリザは心の中で毒づきつつ、崩れた物品の山を睨みつける。

「飯くらいは持ってこさせてやる！　すぐに仕事を再開しろ！」

物品の山の中から反応はなかった。

――この無能の顔はこれ以上見たくもないが、こいつを処分したらまた新しい鑑定士が必要になる。人を雇うのは子爵様の手を煩《わずら》わせることになるからな。あの方は、会食に狩りにと、お忙しい。迷惑はかけられない。

そんなことを考えているうちに、アンメリザの中でまたふつふつと怒りが湧いてきた。

「どうして貴族である俺様が、平民のことなどで苦悩せねばならぬのだ！」

そう言葉にしたが、答えは知っている。使えない平民《クズ》が悪いのだ。そして、勝手に行方をくらました鑑定士こそが一番のクズなのである。もっともアンメリザは、その鑑定士アルトの名前すら覚えていなかった。

「無能が！」

最後に暴言を吐き捨て、アンメリザは物品の山に背を向ける。そのまま倉庫を出ようとした時、アンメリザの部下の一人が駆け込んできて、目の前で跪《ひざまず》いた。この男が騎士だったことは記憶しているが、名前までは知らない。

「報告いたします。アルト鑑定士の居場所を掴みました！」

「……誰だ、それは」

「しっ、失礼しました！　アンメリザ閣下の前から逃げ出した、前の鑑定士です」

「——見つけたのか!!」

アンメリザの声が弾《はず》んだ。

前任の鑑定士は無断で逃げ出すようなクズではあったが、ノルマをこなすことはできていた。最低限の仕事すらできないような奴よりはマシだ。

——平民の分際で消えた罰は、一時間くらい殴るだけで済ませてやろう。二度と逃げ出せないように、足を折るのもいいな。

残虐な考え事をしながら、アンメリザは騎士の男に命じる。

「今すぐここに連れてこい！　遅ければお前の首はないと思え！」

「——そっ、それなのですが。今は帝国軍で准尉《じゅんい》の地位を与えられているようです」

「……は？」

――この男は何を言っている？　逃げ出したクズが帝国にいる？

――いや、それはまだいい。栄《は》えある王国を出て帝国なんぞに行く意味は理解できないが、そこに関しては目をつむろう。だが、准尉だと？

ドラムド王国で准尉と言えば、準男爵家に生まれた由緒正しき貴族が軍に入った場合に与えられる、名誉ある地位である。平民が准尉に就くなど、アンメリザにとっては意味不明な話だった。

「正確に報告しろ。あの平民をどこで見つけた？」

「帝国の首都カリソルムです。『敵軍の人事に大きな変動があり、我々が探している男とよく似た人物が〈蛇殺しの英雄〉だと騒がれている』、そう報告が来ています」

騎士の男が、数枚の写真を広げてみせる。そこに写るのは、三人の若い女性と楽しげに食事をする男の姿。

「……確かにあのクズだな」

目の下の隈《くま》がなくなり、平民に似付かわしくない顔色をしているが、そこに写っているのは間違いなく王国から逃げ出した鑑定士――アルトだった。

――この男が准尉で英雄？　くだらない冗談だろう。そもそもの話だが、平民が王国の外に出ること自体が、ありえない話だ。平民《こいつら》にそんな知能はない。命令なしではロクな仕事もできないクズ。それが平民だ。そんな平民風情が国境を越えるなど、他の貴族の指示でもない限り……

――他の貴族!!

「読めたぞ！　これは、俺に対する挑戦状だ！」

「挑戦状、ですか？」

「そうだ！　俺の仕事ぶりを妬《ねた》む奴らからの嫌がらせだな！」

困惑する騎士の男に構わず、アンメリザはまくし立てる。

「あのクズが姿を消してから一ヶ月だな？　平民が一人で帝国に行き、軍で出世する。それが可能だと思うか？」

「……いえ、不可能だと思われます」

「そうだ。だが、これが他の貴族の企《たくら》みなら、可能なのだ。あのクズを拉致《らち》し、帝国で面白おかしく目立たせる。目立たせた目的は、俺様を笑い者にするためだな。アンメリザは平民一人ですら満足に管理できないのか、と」

アンメリザの妄想はおよそ現実味のないものだったが、騎士の男は口を挟まない。ドラムド王国では、貴族に対して口出しすることなどありえないのだ。

――実行したのは、ハームルの奴かメルバリムの次男か、その辺りだろう。あいつらは、俺と違って暇を持て余しているからな。俺様の反応を見て楽しんでいるに違いない。

『お前のところの平民を拉致してやった。帝国に置いてきたから、華麗に取り返してみろ』、そう言っているわけだ。舐めた真似を！

「潜入が上手い者を数名集めろ！　実行した者に知られることなく、あのクズを回収する！」

次の貴族会議までには終わらせてやる。アンメリザはそう意気込んだ。

他の貴族が笑いに来るのは、おそらく次回の貴族会議のはずである。そこで企みが成功したと思い込んで笑いに来た奴に、『おや、その者でしたら、すでに回収しましたが。情報が遅いのでは？』と言ってやらないと、アンメリザの気が済まなかった。

「最悪、殺しても構わん！　平民の代わりなどいくらでもいる！　必ず秘密裡《ひみつり》に回収してこい！」

「承知いたしました！」

騎士の男は敬礼をして、部屋を出ていった。

――俺様は俺様で、こんな悪ふざけを企んだバカを特定するか。まったく、面倒を起こしやがって！

そう思いながら、アンメリザ男爵は鑑定待ちの品で埋め尽くされる部屋をあとにしたのだった。

1　入学式と昇進の御褒美

リリたちと一緒に蛇の化物を倒した日から一ヶ月が経過したその日。

俺、アルトは押し潰されそうなプレッシャーに耐え続けていた。

「入学式に先立ちまして、昇進伝達式を執《と》り行います」

マイクを通して聞こえてくる司会者の声に、胃がキリキリと痛みを訴える。周囲には、真新しい帝国軍の制服を着た若者たちが座っていた。その中には、俺の部下であり訓練校の新入生のリリやフィオラン、マルリアの姿もある。

マルリアの弟、病み上がりのマイロくんだけは新入生じゃないが、俺の従者として一緒に授業を受けられるらしく、彼もみんなと並んで座っていた。

「アルト幹部候補生、前へ」

「はい」

司会者に呼ばれ、パイプ椅子が音を立てないように気を付けながら立ち上がって、背筋を伸ばす。当たり前の話だが、みんなが俺を見てるな。

これから褒められに行くのだから、嬉しくないわけじゃないけど、どうにも落ち着かない。バカにされた経験は数え切れないほどあっても、褒められた経験なんて皆無だからな。褒められる場合って、どんな顔をしていたらいいんだ？　真顔でいいのか？

そんなことを思いながら事前に聞かされた通路を通って、舞台の上へ。正面に見えてきたチューリップのような豪華な王冠――帝国女王の象徴から慌てて視線を逸《そ》らす。

そう、俺は女王様から直々《じきじき》のお言葉をいただこうとしている。

余計な動きをしないことだけを心がけ、女性の靴《くつ》を見続ける。目の前にいる人は、一瞬で俺を殺せる立場の人間だ。心を静めて、冷静に……

（そんなに緊張せずともよい。余《よ》も取って食ったりはせぬよ）

なっ⁉　女王様に小声で話しかけられた⁉

どうする⁉　返事をしていいのか？　返事をしないと不敬罪で処刑だよな？

しばらく考え、こちらも小声で返事をすることにした。

（……恐れ入ります）

（報告にあった大蛇《だいじゃ》よりも、余の方が怖いかな？　余も普通の女のつもりであったのだが。そうか、蛇よりも怖いか……）

（いっ、いえ！　そのようなことは――）

（くっくっく、いや、すまぬな。どうやら、からかいが過ぎたようだ。許されよ）

女王様は口元を隠したまま、くつくつと優雅に笑う。にわかには信じられないが、俺の緊張をほぐそうとしてくれたのだろう。

国のトップに気を遣われた。王国であれば即刻打ち首になる事件であり、死を覚悟したのだが、周囲が動く気配はない。どういうことだ？

化物を討伐した功績を褒める場だから、特例で許された？　いや、それにしては、周囲に動揺がなさすぎる。まさかとは思うが、これが帝国では普通なのか？

考えを巡らせていると、女王様が小さく微笑《ほほえ》んで一同に聞こえるように告げた。

「〈蛇殺しの英雄〉たるアルトよ。その功績を称《たた》え、准尉の地位と共に、二十四代女王シュプル・リア・テスタロッテが、一代に限りそなたに〝スネリアナ〟の姓を与える」

（なっ⁉　女王自ら姓を⁉）

（一代限りなのは分かるが、女王様が直接与えるなど聞いたことがないぞ⁉）

（それだけ評価なされているということなのですか⁉）

どうにも背後がざわついている。なんだ？　とりあえず台本通りに対応していいんだよな？　というか、俺、それ以外にできることなんてないぞ。仕方ないよな⁉

「謹《つつし》んでお受けいたします。准尉の地位に恥じぬよう、更なる実力の向上に邁進《まいしん》いたします」

暗記していたセリフを述べ、俺が軽く頭を下げると、女王様は青い宝石が光るメダルを首にかけてくれる。

一歩だけ後ろに下がり、握り拳を胸に当てる。一瞬だけ遅れて、背後から大きな拍手が聞こえた。後ろで聞こえていた戸惑いの声も、今はない。

いつ首を切られるかとヒヤヒヤしていたのだが、どうやら問題はなかったらしい。

「続きまして、帝国軍中央訓練校の入学式を執り行います。新入生代表サーラ、前へ！」

「はい」

リリたちが座る席の近くに戻ってきた俺とすれ違う形で、真っ赤な髪をポニーテールに結《ゆ》った少女が、壇上に上がっていく。大人しそうな雰囲気で、歳はリリやマルリアと同じくらいだ。

どことなく見覚えがあるのだが、どうにも思い出せない。邪竜退治の時にいたような気もするけど……などと思っていると、隣に座るリリが、愛用の杖を俺の膝に載《の》せてきた。

（昇進伝達式、お疲れ様でした！　最後まで堂々としていて、格好良かったです！）

リリの心の声が聞こえてきた。杖が触《ふ》れていると、こうして心の中で会話可能なのだ。

（あー、うん。もしそれが本当なら、嬉しい限りだよ）

女王様の雰囲気に呑《の》み込まれて、口から心臓が飛び出す寸前だったからな。女王様本人には口が裂けても言えないが、化物と対峙《たいじ》した時よりも恐ろしかった。

（本当にお疲れだったみたいですね。女王様は槍の名手で戦略眼もすごい、って噂ですから。アルト様が身構えるのも仕方ないのかもしれませんね）

（ん？　そうなのか？）

（はい。軍略でも一騎打ちでも負けなし、敵は姿を見ただけで逃げ出すという話です。戦場以外ではお優しい方なので、国民みんなの憧れなんですよ！）

（そうなんだ。女王様の人となりを観察する余裕なんてなかったから分からなかった）

そもそも、女王様を観察するなんて不敬どころの騒ぎじゃないと思うのだが、リリの反応を見る限りそうでもないらしい。本当に、王国とは常識が違いすぎるな……

そういえば、この訓練校も女王様の持ち物って話だったか？　俺が帝国に亡命する時、荷馬車に乗せてくれた老夫婦も、『おらっちゃの国が豊かなんは、シュプル女王のおかげやちゃ』とか、そんなことを言っていたし……

　個人では勇猛で、集団を統率することもできて、住民に慕われるような政治も行えるってことか。

（私たちを育ててくれた施設も、シュプル女王様の発案なんです。お忙しいのに、何度も私たちの様子を見に来てくださって。私、一度握手もしてもらいました！）

（優しい方なんだな）

（はい！　すっごく優しくて美人さんですよね！）

　天は二物も三物も与えたってわけか……そんな人がトップをやっていれば、いい国になるよな。怒鳴り散らすことしかできない王国の貴族連中に見習わせてやりたいね。

（それに、サーラさんもすごいんです。施設にいた時も訓練ではずっと一位で。アルト様に教えてもらった〝支援魔法〟を使えばもしかしたら、なんて思っていたんですが。やっぱりダメでした）

（サーラ？）

　新入生の代表として壇上にいるポニーテールの子だよな？　……そうか、思い出した。

（俺がリリをスカウトした時のマラソンで、先頭を走っていた子か）

（そうです！　入学試験の順位は発表されないようなのですが、トップの成績の人が新入生代表をする決まりみたいです）

（なるほどな。つまり今回の試験では、サーラが一位ってわけか……）

　素質がＳランクのリリをはじめ、俺の部下たちは将来有望。とはいえ、彼女たちもまだまだ育ち始めたばかり。試験では上位に食い込めたとは思うが、さすがにまだトップにはなれなかったか。

（それでマルリアが、あんなにご機嫌斜めなんだな）

チラリと視線を向けると、ぐぬぬぬぬ、と叫びだしそうな雰囲気でハンカチを噛んでいるマルリアの姿が目に入る。

（いつもビリだった私と違って、マルリアさんは一位になれるように頑張ってましたから。だけど、マルリアさん、ずっと二位で……）

（あの子が同期のライバル、ってわけか）

まぁ、負けて悔しいと思えるのは、いいことだ。

（時間をかけて、これから勝てばいいさ。リリもそうだけど、人生は長いからな）

（そうですね。一生懸命頑張ります！）

リリは両手をギュッと握り締め、ふわりと笑う。

新入生代表のサーラが壇上から降りて、俺たちの入学式が無事に終わりを告げた。


入学式が行われた体育館を出て、次に向かうよう指定された教室の戸を開けて中に入る。正面には教壇と黒板があって、整然と並べられた机の位置が後ろに行くほどに段々と高くなっていた。

「金がかかっていそうだな」

魔法を使ったにしても豪華な造りの部屋だ。一度に五百人を収容できるらしいが、それなら部屋を分けた方が安く済むだろうに。思うところはあるが、俺が気にするようなことではないな。

　さて、どの辺に座るか……

　周囲を見渡していると、不意に背後からデカい声がした。

「席などどこでもいいじゃろ。ほれ、適当に座れ」

　振り向くと、ムキムキの爺さん——もとい、ルルベール少佐がいつの間にか立っていた。

「ルルベール少佐？」

「うむ、久しいな小僧。じゃが、今はルルベール教官じゃ」

　爺さんは何故か上着のポケットから眼鏡を取り出して、上腕二頭筋と胸筋をムキリとさせた。

　いや、なんのアピールだよ……などと思っていたのだが……

「さすがはルルベール様だぜ！」

「いい筋肉っすよ教官！」

　周囲からはそんな威勢のいい声が飛んでいた。

　ちなみに、そいつらもルルベール少佐——じゃなかった、ルルベール教官と同じようなスタイル。

つまりはムキムキだな。教官を慕うグループだろうか？

　しかしいい身体だ。やっぱ俺も、リリに〝支援魔法〟で補助してもらって、こうムキッとできるように……

「おぬしら、しばらくは黙っておれ！」

「「了解しました！」」

男たちは握り拳をドンと胸筋にぶつけ、慌てて近くの席に座る。様子見をしていた他の生徒たちも、それを見て思い思いの席へ。俺たちも部屋の中央辺りに移動して座り、教壇に目を向けた。

「儂《わし》がおぬしらの面倒を見ることになった。教官とでも、師匠とでも、好きに呼んで構わん！」

そんな言葉と共に、黒板に『担当教官ルルベール』とチョークを走らせる。見た目に似合わず、綺麗な字を書くな、この爺さん……

「詳しい話は、入学式でもらった端末を見れば分かるじゃろ。給料もそこに入る。以上じゃ」

「「……え？」」

ルルベール教官が颯爽《さっそう》と教室を出ていったけど……え？　説明終わり？　教官の自己紹介だけ？　今後の案内すらなし!?　……本当に帰ってこねぇし、あの爺さん。

「……どうする？」

「どうしましょうか？」

リリたちと顔を見合わせて互いに首を捻《ひね》る。

周囲を見れば、他の生徒たちも混乱している。無駄に長い話をされるのは嫌だが、最低限の説明は必要だと思う。あの爺さんらしいと言えばそれまでだが……

『自分で調べるのも訓練じゃ。自己責任でどうにかせい！』とか、そんな感じだろうか？　何はともあれ、リリたちと相談だな。

「ここじゃ人が多い、ひとまず移動するか」

「そうですね」

リリや他のみんなに合図して、とりあえず教室を出ることに。

周囲も、なんやかんやとグループに分かれて、教室を出ているしな。それに……

（あれが〈蛇殺し〉……ほんとに強いのか？）

（バカ、お前、聞こえるぞ！　あの化物に立ち向かえるだけで、マジでやべぇんだかんな！）

（ふーん。どうにも信じられないんだがなぁ）

さっきからヒソヒソと聞こえる声と好奇の視線から逃げたい気持ちも少なからずある。

そして、窓際にいる軍団……

「わたくしたちも状況の把握を始めるわよ！　一号！　腕立て伏せをしながら、端末の文字を読み上げなさい！」

「はい！　喜んで！」

「「ナイスバルク！　キレてるよ！　キレてるよ！」」

どう考えても、あいつらにはお近付きにならない方がいい。

何故、端末の文字を読むのに上着を脱いで腕立て伏せをするんだ？　でもって、命令したお嬢さんが、腕立て伏せ中の筋肉さんの背中に乗る必要はどこにある？

「その一。校内における迷惑行為は禁止。意見の食い違いは教官に申し出た上で、決闘の形で——」

「いい感じですわ。上半身が盛り上がってきていますわよ！」

「ありがとうございます！　幸せです！」

………俺は何も見なかった。うん。

「行こうか」

「そっ、そうですね」

不思議そうに筋肉集団の方を見ていたリリに声をかけ、移動を開始する。

顔も体つきもイケメンの少年よ。お前はそれでいいのか？　いいんだろうな。幸せそうな顔をしているし。

そんなことを思いながら教室を出て、空いていた休憩スペースへ。

六人掛けのテーブルに座るやいなや、フィオランは事前に与えられた片手サイズの長方形の端末に触れる。そして、何故か目を見開いた。

「ウソでしょ!?　お金がこんなに!?　みんな、飲み物はお姉さんに任せて！」

「は？　ちょっ、え……？」

フィオランが飛び跳ねるように席を立ち、止める間もなく休憩スペースの端にあった自動販売機へと駆けていく。端末を自動販売機にかざしたかと思えば、人数分のジュースを抱《かか》えて楽しそうに戻ってきた。

俺の理解が追いつく暇もなく、テーブルにジュースの缶が並べられていく。

「お姉さんの奢《おご》り！　好きなのを選んでね！」

フィオランが今行った行動も、機嫌のよさの要因も、何一つとして分からない。それはリリやマルリアやマイロくんも同じようで、みんなポカンとしていた。

俺たちの表情を見て、フィオランが不思議そうに尋ねる。

「あれ？　みんな、好きなのなかった？」

「あっ、いえ、えっと……フィオランさんって、この機械に詳しいんですか？」

リリの言葉にフィオランは「んん？」と首を傾げ、納得したように頷いた。

「あー、そっか、みんな知らないのね。冒険者ギルドも一緒のを使ってるから」

そう言いながら、もらった端末をひらひらと振るフィオラン。

王国で生きていた俺や施設育ちのリリたちには馴染《なじ》みのない代物だが、帝国では一般的に使われている機械らしい。

「お姉さんも詳しい仕組みは知らないんだけど、魔物から採れる魔力が詰まった石を使って、どうのこうのしてるみたいよ？」

あー、うん。まぁ、構造を知らなくても使い方に支障はないからいいけどさ。

「それでね？　教官が言ってた通り、給料の受け取りがメインの使い方になるわね。冒険者ギルドか軍、あとは帝国の本部と提携してるお店や施設なら、お財布としても使えるわよ」

「財布として？」

「う〜ん、そうね。試しに使ってみましょっか」

フィオランの言葉に従って、自動販売機に行って端末を押し当てる。

——ポチ、ガラン、コトン。

「……ほんとに買えたな」

「でしょでしょ〜！　それじゃあ、画面に注目！」

どれどれ……ついさっきまで30万エンという表示だったのが、29万エン＋αになっていた。

「使った分が減ってるの。詳細を見たかったら、画面を押せば見られるわ！」

画面を押してみると、２９９８７０エンに表示が変わったな。というか、これって……？

「この端末があれば30万エン分の買い物ができるってことか？」

「んー、正確には、ちょっと違うわね。『入学お祝い金』って項目で入金されたのが30万エンだから、お給料も振り込まれたらもっと使えるわよ？」

「……まじで？」

「うん。お姉さんは嘘を吐《つ》かない！」

フィオランは眼鏡をクイっと押し上げ、右手を腰に当てて胸を張った。なんかもう、王国と色々違いすぎて、ちょっと意味が分からない。

そう思っていると、何故かマルリアたちの方が、俺以上に驚いているようだった。

「ねぇ、私にも30万エン入ってるみたいに見えるんだけど？」

「あの、えっと、私にも入っているような……」

「ん～？　それはそうよ？　二人とも試験に合格して入学したんだもん。お姉さんたちに入ってるなら、二人にも入ってるわよ」

「「「…………」」」

フィオランの言葉に、マイロくんも含めた若者たちがポカンとしている。どうした？　今回ばかりは、フィオランの言っていることが正しいと思うんだが。

「あのあの。私たちは施設で育ったんです。これまで無償で育ててもらったのに、お給料までもらうなんて……」

「そういうことよ。それにまだ私たちは訓練生じゃない。どうしてお金がもらえるわけ？」

あー……なるほどね。二人はそう思っていたのか。

「まぁでも、この国の言葉を借りるなら、給料が出たのは二人の実力が認められたから。どこで育っていたとしても、軍に入れば、その実力に見合った報酬を出す。そういうことじゃないか？」

「うんうん。お姉さんもそう思うわよ？」

「「…………」」

俺も安月給だったからな。リリたちが戸惑う気持ちも分からなくはないが、もらえるものはありがたくもらっとけばいいんじゃないか？

「卒業した先輩が、ご飯とか持ってきてくれる理由がやっと分かったわね」

マルリアの言葉に、リリが頷く。

「そうですね。私たちも残っているみんなに何かしたいけれど……お金じゃ先生も受け取ってくれませんよね？」

「でしょうね。服は街の人たちが持ってきてくれるし。結局は、日持ちする食べ物が無難なのね」

「結局、先輩方と同じですけど」

「まぁいいじゃない。奇抜なものを持っていっても、誰も得なんてしないわよ」

「そうですね」

どうやら、二人の中で折り合いも付いたらしい。でもって、使い方を学ぶために買ったジュースの缶を二個並べて、端末の操作方法をフィオラン先生に教えてもらう。

「ここをタッチすれば、軍の情報が見られるの。冒険者ギルドでも、ランクによって見られる情報が違ったから、軍も同じか、それ以上に厳しいんじゃないかしら？」

「えーっと？　どういうことですか？」

いまいち分からず、首を傾げるリリ。

「開示される情報は人それぞれだから、他の人の端末は見ない。たとえば私たちとアルトくんじゃ、送信された情報の内容に差があるってことが十分ありえるの。最悪、情報流出で打ち首もあるわ」

「なるほどです」

みんなは訓練生だけど、俺だけ准尉だからな。軍としては仕方のない話だ。

「基本的に端末は自分の指でしか操作できなくて、住民票と同じように本人確認にも使えるわ。まずはそこに指を置いて。それで、今度はそっちに……」

そうして、フィオランに言われるままに端末を操作し、『軍部からのお知らせ』と書かれたページを読み進めていく。

お知らせの内容を要約すると、『明日から授業です。基本は三日おきに一日の休みがあり、出たくない授業には、出なくても罰則はありません』、そんな感じだった。

で、三ヶ月に一度行われる試験に合格すると次のステップに進めて、給料も上がるらしい。実力が認められれば、本物の任務を依頼されることもあるのだとか。

「ふ～ん。ここで授業の予定が見られるのね」

「すごい機械ですね。特定の人に向けて、通話や文字のやり取りができるみたいです！」

「うんうん。その辺りも冒険者ギルドとおんなじね」

すぐに操作を覚えたらしく、マルリアたちはワイワイと端末を触っていた。

「操作授業の予定？　文字のやり取り？　……どこにそんなものが？」

「あーもー！　ちょっと貸しなさい！　って、人のを触るのはダメだったわね。そこよ、そこ。って、そっちじゃないわよ！」

「アルト様、こちらですね。その右側です」

「……ご迷惑をおかけします」

マルリアとリリに教えてもらう。こういうのって、やっぱり若い方が理解も早いんだろうか？　俺も若いつもりなんだけど、こうも明確な差を見せつけられると心に深い傷が……ん？

「アルト専用、特別授業？」

画面の端にそんな文字を見つけた。

リリたちにもそれぞれの端末で探してもらったが、その表示があるのは俺のやつだけらしい。

「アルト様の端末と私のものとで部下登録をすれば、何か変わるかもしれませんが、やってみますか？」

「ん～、そうね～。してみてもいいかも」

リリとフィオランたちがそう言っているが……部下登録？　そんな機能、どこにあったんだ？　というか、どうやって見つけたんだ？　……彼女たちが若者だからか？

二人は部下登録とやらをすることにしたらしく、何も言わないマルリアの方を見つめる。

「何よ、二人して私を見て！　私も登録するに決まってるじゃない！　今更仲間外れなんておかしいでしょ！　ほら、画面のその部分を押しなさいよ！」

頬《ほお》を赤く染めたマルリアに言われるまま操作して、それぞれの端末に近付ける。

「これで大丈夫ね」

「はい！　私たちもアルト様専用の授業が受けられるみたいです！」

「ん～っと、マイロくんは？」

「僕も従者枠で参加できますね」

どうやら、全員の手続きが終わったらしい。

それにしても、『今更仲間外れ』か。

「なぁ、マルリア。薄々気付いてるとは思うけど、俺が隠してる力を知りたいと思うか？」

「え？　何よ、突然」

「いや、ちょっと思うことがあってさ」

リリにフィオラン、マイロくん。この三人には、それぞれの理由で鑑定とアドバイスのようなことをした。だが、マルリアだけには、詳しい鑑定をしていない。

リリたちに『自重してください』と言われた影響も多少はあるが、それ以上の懸念があるからだ。

「もし知れば、自分の知りたくない事実を突きつけられたり、望まない結果が出たりするかもしれない」

リリたちのようにいい結果が出ればいいが、悪いこともある。

本人に知らせず鑑定し、結果が悪い場合は伝えない。それができればいいのだが、俺には行動を共にする仲間に隠し通せるだけの演技力はないからな。

これが赤の他人なら気になんてしないが、マルリアの場合は、すでに身内のような立場だ。

決めるのは本人。それがいいと思う。

「今よりも強くなる方法が分かる可能性はある。だが、それには人よりも努力しないとダメだと分かることもある」

「……」

マルリアは真剣な目を俺の方へと向け、次にリリとフィオランの方に視線を向ける。

「それって、二人を強くした力ってことよね？　そんなの聞くに決まってるじゃない。人よりも努力しなきゃいけないのなら、努力するだけよ」

マルリアはその黒髪を左手で靡《なび》かせ、力強く笑った。

「というか、そんな脅《おど》しで私が逃げるとでも思ったわけ？」

「いや。念のための確認だよ」

「ふーん。それならいいんだけど、私をバカにしたわけじゃないのよね？」

彼女は開き直っているわけでも、失敗の可能性に目を向けていないわけでもない。

「知りたくない事実っていうのがどんなのかは分からないけど。情報なんて多い方がいいに決まってるじゃない」

「……まぁな」

本気でそう思っている瞳《ひとみ》だ。

俺も鑑定士として歳を重ねてるから、情報の重要性は分かっているつもりだ。

だが、世の中には、知らない方が幸せ、なんてこともある。

それを伝えようと口を開きかけたが、マルリアの寂しそうな目を見て言葉が途切れた。

「それにあれよ……知らないまま全てが終わっている。それが、何よりも不幸なのよ」

マルリアがマイロくんに視線を向ける。

「悪い結果でも努力すればいいだけなら、それは十分幸せじゃない。私はもう、子供じゃないわ」

「……」

表情に影を落とす姉弟に対して、俺は何も言葉を紡《つむ》げなかった。

二人に何かがあった。それだけは分かるのだが、今は何を聞いても、深い部分は話してくれないように見える。

だが、俺の力――鑑定に関しては、予想よりもはるかに強い意思を聞けた。

俺としても、マルリアの鑑定結果には興味があったし、早速……

そう思ったのだが、マイロくんが言うには、俺専用の特別授業の開始時間が過ぎているのだとか。

「それって、マズいよな？」

「はい。できるだけ急いだ方がいいと思います」

「だよな」

全員の意思を確認する間もなく、大慌てで出席の登録をして、指定されていた教室に向かう。

初日早々に、しかも俺専用の授業に遅刻なんてどう考えてもまずいだろう。もしかすると、気が付かなかったことにした方が良かったのか？　という思いすら湧いてくる。

ともかく、このまま全速力で向かうしかない。

そう思いながら、指定されていた教室に飛び込んだ。

「はぁ、はぁ、はぁ……すいません、遅く――」

「うむ、来たようじゃな」

教室の中には、コーヒーを飲む爺さんが一人。

「ルルベール教官？」

「うむ。待っておったぞ」

ルルベール教官はクッキーを口に入れて、コーヒーを飲んでいた。

予想以上に優雅じゃないか？　教官っぽさ、ゼロというか……

「す、すみません、ルルベール教官。遅くなりまして――」

「いや、構わぬよ。儂の予想より早いくらいじゃ。どのみち、おぬしらが来た時間が開始の時刻じゃからな」

爺さんは楽しげに笑い、周囲に目を向ける。

五十人ほどが入れそうな教室にいるのは、俺たちとルルベール教官だけだ。俺専用とは書いてあったが、本当に俺たちだけしか生徒はいないらしい。

確かにこの状態なら、俺らが来なきゃ授業を始められないよな。

コーヒーカップの中を覗き見ると、残りは二割程度。自己紹介を早々に切り上げて、ここでコーヒーを飲んでいた。そんな分量に見える。

「では、授業の説明を始めるぞ。そうじゃな、まずはそのまま聞いておれ」

「席に座らなくてもいいんですか？」

「うむ。どうせ、すぐに移動——いや、そうじゃな。説明も移動中に済ませる。こっちじゃ」

教官が俺たちに背を向ける。そのまま教室を出ていこうとする大きな背中を慌てて追いかけた。

「いや、あの、行き先はどちらに？」

「到着すれば分かるじゃろ」

さっきの自己紹介といい、今といい、せっかちすぎじゃねぇか？　まぁ、いいんだけどさ。

「それで、特別授業というのは？」

「それなんじゃがな。ルドルフの奴が、おぬしには一度、本物の鑑定士の姿を見せておいた方がいいと言うておってのぉ」

「……」

いや、本物って。それはあれですか？　俺が偽物ってことですか？

「一応、俺も鑑定士のつもりなんですが」

「うむ。まずはその認識を改めるところからじゃな。おぬしは鑑定士を超えた何か。そう思うのがええじゃろ」

「……」

なるほど……いや、褒められているのは分かるんだけど、なんかこう、素直に喜べない。前の職場に対するもやもや？　虚《むな》しさ？　そういうものが心にある。どうにも、自分の中で折り合いがな。

「そうじゃのぉ。せっかくの機会じゃ、おぬしの鑑定に相応《ふさわ》しい名前でも考えてみるか？」

爺さんは、くははは、と笑って俺の背中をバシバシ叩く。態度こそ冗談のようだが、目は本気だった。

リリたちにも『存在そのものが軍事機密です！』だとか『無自覚が一番恐ろしいです！』だとか、色々言われてきたもんな。甘んじて受け入れるしかないか……

「アルト様！　私は、〝全てを見極めし者〟がいいと思います！」

「ん〜、お姉さん的には〝天啓〟なんていいと思うわよ？　神様の声を聞くような感じでしょ？」

頼りになる仲間たちも、新しい名前を決める気でいるように見えるし。

というか、〝天啓〟って……そういうものではないと思うんだけど、どうなんだろう？　天から与えられた啓示。もしかしたら俺の鑑定って、他人から見たらそんな感じなのか？

……ダメだな。自分のことなのに、俺が一番分かってない気がする。

「あんたの力って、マイロを見た能力よね？　だったら、〝神の透視《ゴッド・ビジョン》〟とかいいんじゃない？」

「……」

いや、うん、マルリアさん。かっこいいとは思うよ？　けどさ。なんかこう、恥ずかしくない？

『我が瞳に宿りしは、全てを見通す神の力！　今こそ秘められし力を解放せよ、ゴッド・ビジョン！』

こういうセリフを言うには、若さが足りていない気がするよな。俺の年齢でやると、黒歴史どころか友人を減らす事態になりかねない……まぁ、友人なんて、いないがな。

「僕なりの見解ですが、アルトさんの力は、よく見る、よく見える、って感じだったので、〝みるみる君〟でどうですか!?」

「……」

なるほど。マイロくんも独特な感性の持ち主でしたか……いや、みるみる君も悪くないと思うよ？　けど、あれだ。なんかこう。やっぱりそう名乗るには年齢がな。それにさ……

「呼び名は〝鑑定〟のままでいいと思うんだ。普通の〝鑑定〟のふりをして隠すつもりだから、〝鑑定〟のままが無難。違うか？」

誰かに聞かれて『何それ!?』なんて騒ぎになっても困るしな。

というか考えれば考えるほど〝鑑定〟以外にない気がしてきたので、強めにお願いする。

「〝鑑定〟のままでお願いします。伏してお願いします！」

帝国軍は、三日おきに一日休みをもらえる最高の職場だ。それが下手に変わった名前を付けて能力が周りにバレでもしたらどうなるか。

『〝ゴッド・ビジョン〟待ち、最後尾はこちらで～す！　三時間待ちとなっておりますー！』

『先生！　うちの子に〝天啓〟を！　うちの子に〝天啓〟を授けてやってください！』

……といった感じで、平日も休日も関係なく詰めかけられてしまうかも。そんな人生は、絶対に嫌だからな！

「なんじゃ、つまらん男じゃのぉ」

「……ええ。つまらない男です。その評価でいいですよ」

というか、この爺さん。最初から分かっていただろ？

一般の鑑定士と俺の違いを埋めるための特別授業なのに、溝《みぞ》を深くしてどうすんだ、って話だ。

「さてと、馬鹿話もここまでじゃな。ここじゃ」

そう言って教官が見上げる先。大きなドアの中央に『第一鑑定室』の文字が見えていた。

「訓練校《うち》に配属された者の中でも、特に優秀な鑑定士が集まる場所じゃから、そのつもりでの」

ルルベール教官が大きなドアを開いて中に入っていく。

広い背中の向こうに見えたのは、大きな毛皮や石、薬草などが入った箱の山と、横並びの机。

「Sの36、終わりました」

「Sの38も終了です！」

「了解。次はBから持っていけ」

「「分かりました」」

二十人くらいがここで働いているらしく、揃いの服を着た人々が、せわしなく動き回っている。

『鑑定待ち』と書かれた台車から箱を持っていき、自分の机で鑑定をして、『鑑定済み』の台車に移動させる。どうやら、そんな流れらしい。

「全員が一流の鑑定士ばかりじゃ。ここでは主に、生徒が持ち込んだ収穫物を鑑定しとる」

「なるほど」

鑑定結果として書き記しているのは、ランクと値段だけか……

「どうじゃ？　なかなかのスピードじゃろ？」

「……えぇ、そうですね」

一個辺り五～十分くらい。箱に入れられた物品の種類が複数だと、手間取っているように見える。

（ちなみにじゃが、おぬしが鑑定したらどれくらいで終わる？）

（そうですね……）

小声で返答しながら周囲を見る。どうにも鑑定士たちからチラチラと見られているな。

見学に来る人間が珍しいとか、そんな感じか？

えーっと？　鑑定品が十個くらい入った箱が、五十個で台車一つ。それが六台か。全部でだいたい三千個だとすると……

（鑑定だけなら、一時間もあればできますね）

書類を作ったり、上司の面倒を押し付けられたりしなければな。

ランクと値段だけでいいのなら、魔力の消費も少なくて済むし。

（……なるほどの。せっかくじゃ、あやつの手元にある箱の中身を鑑定できるか？）

（えぇ、まぁ、そのくらいなら）
自分の目に魔力を集めて、箱の中にも小さな魔力を飛ばしていく。

【名　前】小さな魔石
【ランク】Ｂ
【価　格】４９８０エン

【名　前】冠《かんむり》ブリの王冠
【ランク】Ａ
【価　格】１万１２００エン

【名　前】薬草（三個）
【ランク】Ｄ
【価　格】３８０エン（一個につき）

誰かが冠ブリを狩りに行ったついでに、薬草も拾ってきたって感じかな。

あるはずの身がないけど、刺身にでもして食ったか？　カマは塩焼きで、アラはブリ大根に――羨ましいな！

いや、ちょっと待て。ここへの持ち込みは生徒がメインだと言っていたはず。つまり、俺たちも冠ブリ狩りに行けるのか！　いいな！　俺たちも冠ブリを狩りに行って、刺身とブリ大根を――っと、今は鑑定の時間だった。

（上から、Ｂランク、Ａランク、Ｄランクが三つ。合計で１万７３２０エンですね）

（ん？　なんじゃ？　もう終わったのか？）

（えぇ、まぁ。このくらいなら）

朝飯前……いや、元いた国だとこの程度じゃ水すらもらえなかったか。

ここで働いている人たちはみんな、手元に飲み物を置いている。各自が好きなタイミングで、自由に飲み食いできるのだろう。

ジュースやコーヒーは当たり前らしく、焼いた食パンを片手に鑑定している強者もいた。なんとも羨ましい限りだ。

俺も帝国の鑑定士として生まれたかった……

（なんじゃ？　突然、遠い目をしおって。感情が死んどるぞ？）

（あー、いえ。気にしないでください。ちょっと、昔のことを思い出していただけなので）

そう、昔の話だ。今はもう、この幸せな国の住人だからな。

(ふん。まぁ、いいわい。もし何かあればいつでも聞くでな。遠慮なく部屋を訪ねてこい)

(ありがとうございます。その時は遠慮なく)

(うむ)

満足そうに頷いたルルベール教官が、小さな魔石を睨み続けていた男の側へと歩いていく。

「すまぬが、邪魔させてもらうぞ。調子はどうじゃ？」

「俺っちっすか!? えっと、ぼちぼちっす！」

「そうか。して、鑑定はどうじゃ？」

「はいっす！ この髪飾りが、Aランクで、１万１２００エンっす！ 魔石はBランクで、値段はこれからっす!!」

ん？ 魔石はいいにしても、髪飾り？ それって〈冠ブリの王冠〉のことだよな？

「ぉん？ そっちの学生さん、どうしたっすか？ 不思議そうな顔してるっすけど、質問っすか？」

「あっ、いいえ。なんでもないですよ」

疑問が顔に出ていたらしい。

鑑定士相手に下手な質問をしたら、仕事地獄の危機だからな。念のために……

ルルベール教官の背後に隠れて、リリの杖に指先を触れさせて会話する。

(教官たちの会話を聞いてちょっと思ったんだが。鑑定したものの名前は分かったりしないのか？)

（名前ですか？　えっと、すっごく優秀な方が十年くらい修業してやっと分かる、って聞いたことがあります）

（……そうなんだ）

ほんの一握りのエリート。親方だとか、部長だとか呼ばれるレベルじゃなきゃ無理ってことか。本人に聞いたら、『バカにしてるっすか？』って思われたかもしれないし。隠れながらリリに聞いて正解だったな。

（ん？　あっちの二人。机に突っ伏して寝てる）

まさかのサボリか？　おっかない筋肉の化物が来てるのに⁉　ルルベール教官に怒られるぞ⁉

（いえ、普通に休憩ですね。魔力の回復を早めるために寝ているんだと思いますよ？）

（……なるほど）

ずっと鑑定し続けろ！　気絶している暇はないぞ！　とは言われないわけだ。

それにしても、ベテランで名前が分かるレベルなら、物品の詳細が見られるのはほんの一握りか、一人もいないレベルなんだろうな。

やべぇ、本当に常識が違いすぎないか……？

（俺はできる限り大人しくしてることにするよ。悪いんだけど、フォローしてくれると助かる）

（分かりました！　お任せください！）

ルルベール教官やリリたちが言う通り、やはり俺の鑑定はおかしいらしい。

俺の鑑定は、本当に鑑定じゃないのかもしれない。まさか、マジで〝みるみる君〟なのか……？

そんなことを思いながら、本物の鑑定士の姿をありがたく目に焼きつけていった。


一通り見せてもらって、鑑定室をあとにする。

「早い人でも一個二分。同じものなら同時に鑑定できるけど、違うものや劣化してランクが落ちたものは、個別に鑑定をする。詳細は見られない」

これが普通の鑑定。うん。ばっちり覚えさせていただきました。

「なんじゃ？　落ち込みながら鑑定室を出たと思うたら一人でブツブツと。不気味な奴じゃな」

ルルベール教官に変な目で見られた。自覚はあるが、さすがに不気味は酷くないですか？

いや、確かに教官の言葉通りなのかもしれないが……

「して、どうじゃった？　まずは部下から聞くかの。リリ訓練生？」

「はい！　えっと、皆さんすごかったのですが、どうしてもアルト様と比べてしまって……」

「うんうん。お姉さんも一緒かな。弟か妹にならしてもいいけど、上司はアルトくんがいいかな～、ってレベルに感じたわね～」

リリに続けてフィオランも評価を述べたが、意味が分からん。いやまぁ、『お姉さんも一緒！』って言っているから、リリと同意見なんだろうけどさ。

むしろ、『姉』と呼ばれることに恐ろしいほど執着しているフィオランが弟や妹にしたくないレベルって、どんな奴なんだろうか。見てみたいような、見たくないような……

語りだしたら長そうだから、聞くのはやめておいた方が無難か。

「二人の言う通りね。面白くもなんともなかったわ」

「申し訳ないですが、僕も同意見です。アルトさんの方が、なんだかゾクゾクしました」

「であろうな」

マルリアとマイロくんの意見も聞いて、ルルベール教官が大きく頷き、面白そうに笑みを浮かべる。一方、俺はデカい石を腹の中に押し込まれた気分だ。

今見てきた技術が本物の鑑定だって言うのなら、俺のは本当に〝ゴッド・ビジョン〟だな。

鑑定する時は左手で右目を覆《おお》って、『くくく、我が眼に見えぬものなどこの世に存在せぬ!!』とかなんとか言いながら、ニヤリと笑えばいいのか……？

「して、理解はできたかの？　アルト准尉？」

「ええ。嫌というほど痛感させられましたよ」

俺の常識は世間の非常識。今ならリリたちが戸惑っていた気持ちが理解できた。

誰よりも速く、より詳細に見られる。極めつきには、人の鑑定まで可能。

確かに、監禁されて、仕事地獄へ突き進む未来しか見えないよな。

「俺は、どうしたらいいですか？」

問題はそれだ。どうしたら仕事地獄を回避できるのか。どうしたら今の生活を維持できるのか。

「そうじゃな。できる限り使用は控える。それしかないじゃろ」

「ですが、それでは訓練校で支障が出ます」

教官が言いたいことは分かる。だが、俺が鑑定を使わないなんて無理だ。普通の職場ならまだしも、ここは軍だからな。

三日おきに一日休みがもらえる最高の職場だから、自分からやめる気はないけど、〝鑑定〟なしで生き延びられる気がしない。

「それに、鑑定を使わない俺なんて不要でしょう」

そもそもの話として『帝国に来ないか？』と誘われたのは、鑑定の技術があったから。鑑定が使えないとなれば、話は変わってくる。

「ふむ。おぬしが必要か不要かについては話し合いが不可欠じゃが、それは部下に任すわい」

ルルベール教官が、リリたちの方に視線を向けた。俺もつられてそちらを見るが……なんだろう？　怒ってる？　悲しんでる？　特にリリの表情が、いつもと違って見える。

「これは軍部としての意見じゃが、おぬしが高い評価を受けている部分は、大きく分けて二つある。部下をまとめ、育てる能力の高さ。大蛇の弱点を見抜いた観察眼」

「つまり鑑定ではないと？」

「うむ。儂やルドルフは、それらの評価は鑑定がもたらしたものだと知っておるがな。知らぬ奴は、どっちも別の能力だと思うじゃろ」

それは、まぁ、そうかもな。部下を育てることも、敵の弱そうな部分を見つけることも、鑑定ができない人だって普通にやっている。

「おぬしはこれから部下に指示する立場として、様々なことを学ぶ。そこに、鑑定で得た知識を加えるだけなら、世間に知られる心配も減るじゃろ」

「……なるほど」

俺の鑑定を知らない奴が見れば、准尉や幹部候補生の立場だから得た知識や情報だと思うわけか。

「おぬしがより高い地位に就けば、説得力は増すじゃろうしな。もし、己より高い地位の者に問われたら、儂に聞いたことにしておけばよい」

なるほどな。それなら多少は誤魔化せるか。

「もっとも、鑑定する時に魔力を悟られないようにする必要があるがの」

――ルルベール教官がそう言った瞬間、不意に押し飛ばされそうな殺気が、全身に降り注いだ。

教官から距離を取り、リリたちの前に立つ。

「え？　何？　二人とも、どうしたのよ⁉」

「アルト様？」

教官は俺の姿を楽しそうに眺め、ニヤリと口元を歪《ゆが》ませた。

「ふむ。強く反応したのは、おぬしとマイロ訓練候補生だけか」

感じていた寒気がなくなり、額から冷や汗が流れ落ちる。

他のみんなは気付かなかったみたいだが、マイロくんは俺と同じく嫌な気配を感じたようだった。

「今のが魔力を向けられた時の感覚じゃ。おぬしが向けるものはずっと弱いが、魔力に敏感な者や訓練を積んだ者は多少なりと気付くじゃろ」

「……」

そういえば、俺をこの国に引き抜いてくれたベラルト少佐にも『俺に何かしたか？』と言われた。

今、ルルベール教官から向けられた殺気――いや、魔力の気配――は、小さな針を何千本も向けられているような独特の感覚だった。微弱だとしても気付く人は気付くと思う。

そうなると、人間を相手に使い続ければ、いずれはバレるだろう。ルルベール教官が言うように、なるべく封印した方がいいんだろうけど、でもな……

「おぬしの鑑定は、基本的には秘匿した方がいざという時に役立つじゃろ。儂が気付かんレベルになるまでは、我慢しておれ」

「……え？」

気付かん、レベル？　ということは……

「隠せるんですか？」

「うむ。断言はできんが、大本は魔力のようじゃからな。鍛え方は分かっておる」

「……おお！　さすがは教官！」

つまりはあれか⁉　鍛えれば、バンバン鑑定が使えるようになるし、しかも周囲にバレない、と！　そうなれば、仕事地獄に怯《おび》えずに済む。そういうことか！

「そのためにも、おぬしに会わせたい男が二人おるんじゃ。特別授業の続きじゃな。どうじゃ？

受けるかの？」

「はい！　誠心誠意、頑張らせていただきます！」

王国にいた頃と同じくらいの無理を要求されたら逃げるけどな。

そんな思いを胸に、俺は楽しげに笑うルルベール教官の背中を追いかけた。


「すまぬが、ここから先はアルト准尉だけじゃ」

ルルベール教官がそう言って、廊下の真ん中で立ち止まる。

俺の隣を歩いていたリリとマルリアが、目を丸くした。

「えっと、それは……」

「何よ？　私たちがいたら都合が悪いってわけ？」

「その通りじゃ。この先は、相応の実力が必要になる。おぬしらは、ここに控えておるか、儂を倒すか。二つに一つじゃな」

「「…………」」

「すまんの。アルト准尉だけなら守りきれるが、人数が増えれば、万が一がありえるでな」

いや、俺、どこに連れていかれるんだ？　物騒すぎないか？　どうしよう。行きたくないんだが。

面倒な雰囲気も感じるし、キャンセルして、このまま帰ったらダメだろうか？　……ダメだろうな。

　フィオランやマイロくんも不安そうにしているが、続く言葉が見つからないらしい。

「うむ。みな素直ないい生徒じゃな。それでは行くぞ」

「……えっと、この先に何が？」

　目の前には普通の廊下があって、その先には普通の部屋があるとしか思えないんですが。

「なに、来れば分かるわい」

「……そうですか」

　どうやら、俺に拒否権はなさそうだ。もしくは、拒否するなら教官を倒す必要があるのか。

(見抜かれることなど恐れずに、鑑定は自由に使っていい。万が一の時は、自分が生き残ることだけを考えろ。いいな？)

　小声でさらに忠告された。俺はほんとにどんな場所に連れていかれるんだ⁉

　ビクビクしながら教官の後に付いていく。

　そうして、リリたちと別れてから曲がり角を二つ進んだ先。

「ここじゃな。できるだけ儂の後ろにおれ。それと、おぬしから話しかけてはならぬ。儂の質問にも答えてはならぬ。いいな？」

　ずっと黙ってろ、ってことか。意図は分からないが、そのくらいならできるだろう。むしろ、何かを話せと言われるより、よっぽどいい。

コクリと頷いた俺の姿を見届けて、教官がドアをゆっくりと開いていく。

見えてきたのは、訓練校の制服を着た二人の男の姿。制服は新しく、歳も若そうだ。俺たちと同じ、新入生だろうか？

「お待ちしておりました、教官殿」

「……」

魔法使いの杖を持つ男が朗らかに微笑み、大盾を背負う男が無言で会釈をする。

それ以外には何もない、普通の教室だ。

教官に散々脅されたが、その対象はこの二人だったのか？　それほどの脅威には思えないが……

「うむ。すまんな。少々立て込んでおっての」

ルルベール教官の雰囲気を見ても、それほど身構えている様子はない。むしろ、先にいた二人の方が、何かに怯えているな。それに、どことなく疲れて見える。

教官の許可もあるし、鑑定してみるか？　だが、片方はどう見ても魔法使いだ。魔力には敏感だろう。まずは、様子を見た方がよさそうだな。

「二人が呼ばれた理由は分かっておるな？」

「えぇ。なんとなくですが、分かりますよ」

そう言った男が、杖を持つ手に力を入れる。男たちの視線は、ルルベール教官を見据えたままだ。

「我々が、王国の人間だから。ですね？」

王国!?　この二人、あの腐った国の人間か!!

【名　前】バドラ（26歳）
【犯罪歴】なし
【奴隷価値】１８０万エン
【補　足】王国の地に生まれ、魔法に目覚める。
度重なる強制労働に耐えかね、部下と共に国を捨てた。
火の魔法が得意だが、使えるのは第一魔法のみ。

【名　前】バスダムル（21歳）
【犯罪歴】なし
【奴隷価値】75万エン
【補　足】その体格を買われ、王国で貴族の専属兵となる。
度重なる過労と死の恐怖を感じる中で、脱国を決意。
敵の殲滅《せんめつ》よりも、味方を守る方が得意。

……なるほどな、鑑定をしてみて分かった。俺と同じ脱国者か……強制労働と過労に耐えかねて
というところまで同じなら、敵である可能性は低いように思えるのだが――

「……そこの方。私に何をされましたか？」

やはり、魔法使いの方は俺の鑑定に気付いたか。

「何、おぬしらが王国のスパイだとも限らないのでな。どうじゃ？　判別はできたかの？」

えぇ、まぁ。この二人なら大丈夫ですよ。そう答えそうになって、慌てて口を閉ざした。

ルルベール教官が、これまで感じたことのない強烈な殺気を放っている。向けられているのは、
間違いなく俺だ。

『儂の質問にも答えてはならぬ』

ここに来る前に、そう言ってたな。つまりは喋るなということなのだろう。

やはり意図が読めないが、否《いな》やはない。

「「…………」」

「……ふむ。本当にスパイではないようじゃな。ちなみにじゃが、この者が二人に向けたのは、ただの魔力じゃ。害はないゆえ、安心していいぞ」

ルルベール教官の雰囲気が、普段の温厚な爺さんに戻っていく。

身構えていた脱国者の二人も、ほっと、肩の力を抜いていた。

「魔力と殺気。両方で、我々を試したというわけですね？　しかし、純粋な魔力を飛ばせる人材が

いるなんて、本当に恐ろしい国だ」

「ふん。この国を選んで亡命してきたのはおぬしらじゃろ？」

「えぇ。その通りです。この国には定期的な休みがあって、十分な給料ももらえる。後悔なんてしてませんよ」

しみじみと言葉を紡ぐ魔法使いと、何度も頷く盾の男。

「いい国だ」

実感の籠《こ》もった重い声。なんだろう、この湧き上がる感情は。この二人とは、心の底から仲良くなれる気がするな。

鑑定の結果を見ても、不思議な点はない。仮にスパイだったとしても、この国の素晴らしさを知れば普通に寝返るだろう。

そんな思いを込めて、無言で手を差し出す。声を出すのは、教官が怖いから無理だ。

「え～っと……？」

「……握手か？」

不思議そうに首を傾げられたけど、拒否はされなかった。

俺たちの姿を見ていたルルベール教官が、太い腕を胸の前で組みながら、俺に向けて静かに頷く。

「二人の疑いも晴れたことじゃ。もう喋ってもいいぞ」

まじですか！

「自己紹介は？」

「許可しよう。その方が二人も安心するじゃろ」

二人からすると『誰だお前』って感じだろうしな。

そう思っていると、魔法使いの方が、おほん、と咳払いをした。

「アルト・スネリアナ様ですよね？　〈蛇殺しの英雄〉の」

「すねりあな？」

なんだそれ？　いや、アルトで合ってはいる。それに〈蛇殺しの英雄〉ってのは、大勢の前で大蛇を倒したからその関係だとは思うけど……

魔法使いの男は俺の様子を見て、困惑したような表情を浮かべる。

「え……？　あれ？　えーっと、申し訳ありません。どうやら僕の勘違い――」

「じゃないわい。こやつはアルト・スネリアナじゃ」

え？　どういうことですか？　ルルベール教官？

「……おぬし、女王陛下から姓をいただいたことをもう忘れたか？　入学式の直前に行った昇進伝達式で『アルトに、スネリアナの姓を与える』そう言っておったじゃろ？」

…………あー、うん。

「そういえば、そんなことを言ってたような……」

言ってなかったような……

やべぇ、全然覚えてねぇ。

「女王陛下から直々に与えられた名を忘れるなど、前代未聞じゃぞ？」

「……えーっと、それは。なんというか…………申し訳ないです」

あの時はどうにもテンパってたからな。

国のトップが目の前にいたんだ。緊張で忘れても仕方がない……よな？

一番大きな原因は、予定にない言葉を突然言いだした女王！　全て、あの人が悪い！　そういうことにしてほしい。

「……まぁ、いいわい。女王陛下も寛大な御方じゃからの。改めて自己紹介じゃ。できるな？」

「はい！　もちろんです！」

スネリアナ、スネリアナ、スネリアナ。

「偉大なる女王陛下より姓をいただきましたアルト・スネリアナです。俺も生まれは王国で、過労死を回避するために逃げてきました」

「「!!」」

二人が目を大きく見開いて身構える。俺が王国出身だと言ったからか、どうにも警戒されてるな。

もう一押しするべきか。

「あの腐った国では、平民として鑑定士をしてました。ほんと、毎日、毎日、馬車馬《ばしゃうま》のように働かされてましたよ。あの貴族とかいうクズどもに」

そう言って、ニヤリと笑ってみせる。王国に反感を持っていることのアピールだ。

二人の顔に張り付いていた緊張感が、ほんの少しだけ溶けたように見えた。

「アルト様。一つ質問をしてもよろしいでしょうか？」

「えぇ、もちろん。それと、敬語は不要ですよ。普通にアルトと呼んでもらえれば」

「そうですか。では、失礼して……こちらも敬語は不要だよ。アルトは、どこの貴族《クズ》の下に？」

「俺は、ヤベールとか言う街だな。そこのアンメリザとか言うクズにこき使われてたよ」

「「!!」」

ん？　二人の目が、輝いた？

「〈平民の希望〉か！」

「まさか本物に出会えるとは思いませんでした！」

え？　なんだ？　どうした!?　なんかもう一回手を差し伸べてきたぞ。

また握手？　いや、握手くらいなら、いくらでもするけど……

盾のお兄さん。力、強すぎない？　ちょっ、マジで痛いんだが!?

「英雄に感謝を!!」

俺の手を離した盾の男が、握り拳を自分の胸に当てる。そして深々と頭を下げた。

困惑する俺に、魔法使いの男が話す。

「あ～……すみません、驚かせたみたいですね。え～っと、実は我々は、あなたに憧れて帝国まで逃げてきたんですよ」

「俺に……？」

憧れって……どういうことだろうか。

「えっとですね。王国の平民の間で、ある噂が出回ってまして。なんでも『ヤベールの貴族が、平民の鑑定士に逃げられて困ってるらしい』って」

「え？　それって」

「たぶんですが、アルトさんのことですよね？　噂は、『その平民は帝国で幸せに暮らしているらしいぞ』って続くんです」

なるほど。聞けば聞くほど、俺だな。

さすがに俺の名前が特定されてるとか、そんな事態じゃなさそうだけど、何故そんな噂が？

「腐った貴族どもが噂をもみ消そうとしたみたいなんですが、広まる一方でしたね」

「そうなのか？」

「はい。みんな、不満を爆発させているので、噂を止めるのは無理だと思いますよ」

まぁ、そうだろうな。今までふんぞり返っていた貴族が苦しんでる噂なんて、あの国じゃ最高の娯楽だろうし。

だが、誰がそんな噂を？

無駄にプライドの高いアンメリザが、周囲に漏らしたとは思えない。とはいえ、俺が逃げ出したことなんて、俺とアイツくらいしか――

「いや！　ベラルト少佐か！」

「ん？　どうしました？」

「あっ、いや、なんでもないよ」

あり得そうな気がする。というより、考えるほどベラルト少佐しかいないって気がしてきた。

俺の話を噂として流せば、この二人のように逃げ出す者が増えるだろう。

自国の戦力増加に、敵国の戦力低下。

俺をこの国に誘ってくれた、あの人らしい作戦に思えるな。

「なんとなくだけど、状況は理解したよ。同じ境遇同士、仲良くしてくれると嬉しい」

「もちろんです！　よろしくお願いします！」

「よろしく頼む」

何故か魔法使いの方が敬語に戻ってるけど、まぁ、いいか。一応、釘だけ刺しておこう。

「帝国内じゃ、その辺りの話は秘密にしてほしい。昔話にいい思い出なんて皆無だからさ。広めたいことでもないし」

「……承知した」

「よく分かります。この国に来た自分は生まれ変われた！　過去なんてない！　そういうことですよね？」

「そういうことだな」

三人で顔を見合わせて、ガッチリと握手を交わす。

やはりこの二人とは、美味《うま》い酒が飲めそうだ。

そう思っていたら……

「……三人で飲める酒場を知らないか？」

盾を持つ男が、そう呟いていた。


このあとの予定はないので断る理由もなく、リリたちに事情を説明して、三人で飲みに出る。

ちなみにだが、ルルベール教官はルドルフ少佐と飲みに行き、リリたちも女子会をするらしい。

女子会の行き先は、フィオランの提案でケーキの食べ放題に決定したようだ。

「目指すは、全種類制覇ね！　今日こそ『お姉さん、すごいです！』ってリリちゃんたちに言ってもらうの！」

握り拳を掲げたフィオランが、楽しそうに目を輝かせていた。

その一方で、どこか遠い目をしたマイロくんが女子会に連れていかれたけど、十歳を居酒屋《こっち》に連れてくるのはさすがにな。

辛《つら》いかもしれないが、優しい姉の助けも借りて、どうにか生き延びてほしいと思う。

「らっしゃいぁせー！　三名様っすかー？」

ルルベール教官に紹介された店に着くと、店員に人数を聞かれた。

「あぁ。仕事の話をするから、奥の個室を借りられるか？」

「かしこまりやしたー！　三名様ーっす！」

「「「らっしゃいませー！」」」

教官に教えられた場所なだけあって、なんともおもむきのある居酒屋だ。

カウンターと椅子、小さな机だけの狭い店内。

壁には手書きのメニューが貼り付けてあって、中央には巨大な大漁旗《たいりょうばた》が飾られている。

高級店って雰囲気はどこにもない。客もおっさんばっかりだ。

あの爺さんが好きそうな店だな、と思いながら店員の後ろを付いていく。

「こちらっす。ごゆっくりどーぞー」

一番奥の部屋に案内してくれた。

個室の中央に六人掛けのテーブルだけがある、落ち着いた空間。

壁際を照らす薄暗い照明が、なんとも言えない雰囲気を醸《かも》し出している。

「……いい店だ」

「美味い酒と肴《さかな》が楽しめそうです」

二人がそう呟くのが聞こえた。周囲に客席もなく、本当に静かな個室だ。

「料理はこっちで適当に頼んでおきますね。アルトさん、飲み物は何を？」

「そうだな。帝国らしいものとかあるか？」

「でしたら、立駒《たてこま》って酒ですかね？　ルルベール教官のおすすめらしいですよ」

だったら間違いなさそうだ。あの爺さん、飲兵衛《のんべえ》っぽいし。

「俺はそれを頼むよ」

「了解です！　バスは？」

「同じでいい」

「りょーかい」

魔法使い《バドラ》が、軍からもらった端末を手に持って――

何かして、何かして、何かした。

「バス、払いは二人でいいよな？」

「あぁ」

でもって、二人が何かした。

「……今のは？」

「料理を注文して、会計を割り勘にしました。勝手に引き落とされるみたいですよ」

……うむ。便利そうな雰囲気だけは分かったが、意味が分からん。

こんなことになるのなら、リリたちの説明をもっと真面目に聞いとけばよかった。

さすがにこのままじゃ、まずいよな？

先に帝国に来た者としての意地というか、プライドというか……

こうなったら仕方がない。神様、女神様、女王様！　どうか、バレませんように……！

【名　前】軍属の携帯端末
【ランク】なし（非売品）
【補　足】給料などが振り込まれ、財布や現金の代わりとして使用可能。
国の大型ネットワークに接続されており、素早い情報交換が可能となっている。

分かっていたことだが、使い方まで鑑定すると頭痛が酷いな。だが、これで使い方は理解した。

もっと早く鑑定しておけば……そんな思いも少なからずあるが、魔力も大量に使うからな。

「アルトさん。今、何を？」

「？」

盾使い《バスダムル》の方はいいけど、バドラには気付かれたか。

当たり前の話だが、神に祈るだけじゃダメだよな。

さて、どうやって切り抜けるべきか……

「悪い。軍事機密でな。もし気になるのなら、ルルベール教官に――」

「いえ！　すみません！　僕の勘違いでした！」

「……悪いな」

あぶねぇー。どうにかなったか。

というか、本人に向けなくても、魔法使いなら近くで使うだけで気が付くのか。

やはり、早めに特訓しないといけない。

……ん？　元々はその特訓をすると言われて、この二人に会ったんだよな？

あの爺さん、そのこと忘れてないか？

……まぁ、どうせ明日からも顔を合わせるし、尋ねるのはその時でいいか。

「それで、俺の支払いなんだが」

ここは三人で割り勘にするか、俺が一括で払うのが普通だろう。

二人は訓練生。役職は俺の方が上だし。

そう思っていると、魔法使いのバドラが小さく笑う。

「いいですよ。テストに合格しただけなのに、予想以上にお金をもらっちゃったんで。今回は我々に奢らせてください」

「貴公には感謝している」

「ですね。この幸せな国に来るきっかけを作ってくれたのは、アルトさんなので。我々の感謝の気持ちだと思ってください」

「……いや、でもな」

それなら端末を鑑定する必要はなかったんじゃないか？

俺が頭痛に耐えながら冷や汗を流したのも、無駄だったんじゃ……？

「今回だけでいいので、お願いします」

「恩義に報いたい」

「……まぁ、そういうことであれば」

どことなく釈然としないけど、どうしても自分で払いたいわけじゃないしね。

――コンコン。

「ん……？」

「料理が届いたみたいですね」

バドラが席を立ち、ドアの横にあった持ち手を引く。

表面の板が窓みたいに開くと、その先に酒の瓶や料理、グラスなどが置かれていた。

「店員も入ってこない。『安心して会話をお楽しみください』ってわけか」

「ルルベール教官がすすめるだけありますね」

「だな」

あの爺さんたちが、ここでどんな話をしてるのか気になるな。

テーブルに並んだのは高そうな酒に、刺身の盛り合わせ、煮付け、小鉢に、塩焼き。

「高いんじゃないか？」

「いえ、そんなことないですよ。にっくきあの国と比べると、びっくりするほど酒が安いので」

「ん？　そうなのか？」

「えぇ。どれもこれも、あっちじゃ十倍くらいの値段がしますよ。料理はそこまでじゃないんですが、それでもあっちでは三倍ほどしますね」

そういえば、帝国に来てからの買い物なんかはリリに任せてたから、こっちの相場を知らない。

だがそれほどまでに物価が違っていたとは……

「帝国が安いんじゃなくて、王国が馬鹿みたいに高いのか」

「ですね。酒に関しては、貴族《クズども》がぼったくってたんじゃないですか？」

「だろうな」

元上司も『平民に与える酒などない！　酒は貴族の主食だ』とかなんとか言ってたもんな。

それにしても、十倍って……本当に、逃げ出してよかったと思うよ。

「十倍で思い出したんですが、アルトさんが抜けたあと、本当にすごかったみたいですよ」

「すごかった？」

「はい！　もう、めちゃくちゃですよ！」

バドラが楽しそうに目を輝かせる。

俺が街を逃げ出したあとの話、か。

「もちろん、聞きたくなければ、胸の内に秘めておきますが」

「いや、聞かせてもらえるのなら、ありがたいよ」

ずっと心の片隅に燻《くすぶ》ってはいたんだが、聞けそうな相手もいなかったからな。

「聞かせてもらえるか？」

「はい！　もちろんです。ですが、その前に」

バドラが俺のコップに酒を注いで、バスダムルの方にも注いでいく。

「それでは、祖国を捨てて巡り会えた出会いに――」

「「乾杯」」

互いに顔を見合わせて、軽く酒を揺する。

全員が帝国流の作法だ。王国の作法をしたくなかったのは、俺だけじゃなかったらしい。

そんな小さなことが可笑《おか》しくて、どうにも口元が緩んでいく。

「アルトさんも、本当に苦労したみたいですね」

「まぁな。本当に色々あったから。バドラやバスダムルもそうだろ？」

「「!!」」

……ん？　どうした？　俺、何か変なことでも言ったか？

「あの、……我々の名前をどこで？」

なっ!! そういえば、向こうの自己紹介がまだだったか!?

俺が知ってるのは、鑑定したから。

教室にいた時は、スパイがどうとか、教官の殺気とかで、それどころじゃなかったもんな。

——やばい、やらかした!!

「……いや、実を言うと二人に会う前に教官から聞いていて」

「あー……なるほど。我々は帝国に来てまだ日も浅いですし、信用されなくても仕方ないですからね」

「悪かった」

「いえいえ。ちょっと驚いただけで、気にしてないですから」

バスダムルも無言のまま、静かに頷いてくれる。どうやら、不自然には思わなかったらしい。

困った時の教官頼み。確かに使えそうだ。だが、もう少し気を付けないとダメだな……

「え～っと、それでですね。王国の、というよりヤベールの現状なんですが。アルトさんが帝国に来られてからは、酷いです」

「酷い……？」

「はい。街と名乗れなくなるのも時間の問題だと思います」

バドラが刺身を醤油に付けて、ゆっくりと噛み締める。

バスダムルの方は、無言のまま、コップの中身を飲み干していた。

「次を頼む」

「りょーかい。アルトさん、せっかくなんで、お酒の銘柄変えますね」

「あぁ、よろしく頼むよ」

「任せてください！」

バドラは慣れた手付きで端末を操作しながら、追加の酒を頼んでいく。

せっかくだから、俺の方で光るイカの黒作《くろづく》りってのも頼んでみるか。

「端的に言いますと、街に入ってくる品物の鑑定がまったくできていません。商人の受け入れは、早くても三ヶ月待ち。『預けた商品を返せ！』と、一時はすごいことになってたみたいですよ」

「……だろうな」

帝国の優秀な鑑定士ですら、一個鑑定するのに二分かかっていた。

俺がやっていた量を誰かに押し付けたとしても、滞《とどこお》る一方になるよな……

「周囲の街は、税金は高いですが、街には入れますから。ヤベールの街で売られるはずだったものが周囲に流れてます」

「住民たちは？」

「逃げ出せる者から逃げ出してるって話ですよ？　ほとんどの店が閉店し、空き家になったところも多いみたいです」

どうやら、本当に酷い状態らしい。

あの元上司の性格を考えると、『人が減って、税収が減った！　増税をする！』とか普通にやりそうだ。

「そうすると、しわ寄せが俺たちのような平民に行っているってわけか」

一部の金持ちは街を捨てればいいだけだが、俺たちのような貧乏人にそんなことは無理。

薪も食料も入ってこない人が減った街で、少ない実りを貴族に巻き上げられる。

控えめに言って、地獄だ。

「俺がいなくなっただけで、そんなことに……」

正直な話、あの腐った国を捨てたことに後悔はない。帝国は最高だと思う。

だが、俺の行動が、同じような立場の人間を地獄に追い込んだかと思うと、ちょっとな。

地獄に戻りたいとは到底思わないが、なんというか……

「そんな顔しないでください。一応、ルルベール教官に報告はしたんですが『手は打ってある。心配せんでええじゃろ』と言ってましたよ」

「……手？」

「はい。なんでも引き抜き担当が動いてるそうです。『実績のある人物だから大丈夫じゃ』と言ってました」

「引き抜き、か……」

それって、俺をこの国に連れてきてくれたベラルト少佐が動いてくれているってことだよな？

「それに『善良なる人々には神々のお導きがある』なんて噂もありますからね。引き抜きの話が、噂という形で広まった結果だと思いますよ」

「そうか。それは、よかった」

あの人が動いているのなら、よっぽどの事態にはならないだろう。

『腐った貴族とその仲間以外は、全員帝国に連れてきたよ』

そのくらいのことを普通に言いそうだからな。

「なので、困っているのはクズだけ。『ざまぁみやがれ！』って気持ちを込めて、アルトさんを含めた逃亡した鑑定士の皆さんを〈平民の希望〉って呼んでるんです！」

「…………」

皆さんというのは……たくさんいた鑑定士が、一致団結して逃げた。

そう思われてる、ってことだよな？　……よし、話を合わせておこう。

「そうなんだ。なんか照れるね」

「いえ、本当に希望の星なので！　そういえば、他の方は一緒じゃないんですか？」

「あー、うん。みんな『鑑定の仕事はもうしたくない』って、それぞれの道を……」

「なるほど！　だからアルトさんは、鑑定士じゃなくて軍人になったんですね！」

「そっ、そういうことだ。おっと、追加の酒と料理が届いたみたいだな」

「これも美味《おい》しそうですね！」

ありがたいことに、料理に興味が移ってくれたらしい。というか、この二人にはどこまで打ち明けようか。

おっ、俺が頼んだ小鉢もやってきた。え？　中、真っ黒じゃね!?　これが光るイカの黒作りか？

ほんとに黒いな。食えるのか？　恐る恐る一口……

「……美味いな」

「ですね！　帝国に亡命できて、本当に良かったです！」

思い思いに話しながら、王国の悪口と帝国の素晴らしさを語り合ううちに、夜が更けていった。

☆★☆★☆

そうして飲み続けるアルトたちから少しだけ離れた個室。

「ルルベールさん。これ、頼まれてたものっす」

「すまんな。迷惑をかけたわい」

「本当っすよ。店の信用に関わるっすから、これっきりっすよ？」

「うむ。分かっておる。本当にすまんな」

「ほんとーに、これっきりっすからね？」

しつこいほど念を押したあと、店員はルルベールに小さな機械を渡して、部屋を去っていった。

ルルベールは小さく溜め息を吐き、その機械に接続したイヤホンを左の耳だけに押し当てる。

『――アルトさんが抜けたあと、本当にすごかったみたいですよ』

『すごかった？』

『はい！　もう、めちゃくちゃです！』

そうして聞こえてくる声に耳を傾けながら、静かに目を閉じる。

胸の前で腕を組んで俯《うつむ》く姿が、なんとも悲しげだった。

ルルベールの対面に座ったルドルフ少佐が、昆布で締《し》めた刺身を噛み締めて、酒で唇《くちびる》を湿らせる。

「いい店ですね。ルルベール少佐が通い詰めるだけあります。いえ、失礼。今は教官でしたね」

「ふん。昔のように先輩と呼んでもええんじゃぞ？」

「それもまた一興ですか」

ルドルフは肩をすくめ、〈城エビの軍艦巻き〉を一口で頬張った。

城エビの甘み。巻かれた海苔の香り。米の優しいうまみ。

「いやぁ、本当にいい店ですね」

どれを食べても美味い。

ルドルフの様子を片目だけ開いて見たルルベールが、小さく肩を跳ね上げる。

「おぬし、儂がまだ仕事中なのを分かっておるのか？」

「ええ、もちろんですよ。ですが、遠慮するのも失礼かと思いまして」

「ふん。まぁ、いいわい。昔は素直な生徒じゃったんじゃがな」

そうぼやいたルルベールは、イヤホンを耳から引き抜いて、机の上に置いた。

かぶら鮨《ずし》を指先で摘み、口いっぱいに頬張っていく。

「おや。もういいんですか？」

「うむ。アルトはもちろんじゃが、あの二人も白じゃな。どれだけ聞いても、王国の愚痴しか出てこぬ」

「なるほど。ハズレでしたか」

本来なら安心するべき情報なのだが、今回は状況が違う。

「ベラルトが、偽の情報を掴まされたとは思えませんが……」

「そうじゃのぉ。小僧の鑑定であやつらをスパイだと見破り、儂と小僧で一人ずつ捕縛。そんな予定じゃったんじゃがな」

「見事にハズレましたね」

「……ふん」

アルトも含めた三人の様子を盗聴してみたが、やはり怪しい会話はなかった。

全員が王国を捨てて逃げてきた普通の亡命者。そういうことなのだろう。

「相応の実力者が、あの小僧を回収するために送り込まれた。そういう話じゃったな？」

「えぇ。すでに帝国内に入ったらしいんですが」

「儂らの情報網にはかからず、か……」

現地で張り込むベラルトを欺《あざむ》き、ルドルフとルルベールの二人に気付かれず帝国に潜入する。不可能とまでは言わないが、内部に手引きした者がいないと、かなり厳しいだろう。

「また、上のネズミが動いておるのか」

「でしょうね。蛇の時に、かなり掃除をしたと思っていたんですが」

「儂らが見落としたか、別口か、新しく入り込んだか」

人種を問わず、実力のある者は内部に取り込む。実力主義を旗印《はたじるし》に掲げる国。

「国力の強化には、大きな利益があるんじゃが。ネズミ相手には、穴だらけじゃな」

たとえ邪悪な考えがあったとしても、それを隠す実力があれば上に行けてしまう。それは、敵のスパイであろうと同じこと。

「仕方ないですね。どんな思想も、いい面ばかりじゃないでしょう」

「女王の実力は間違いないんじゃが、優しすぎるからのぉ」

「ですね」

この国を発展させ、よりよくした功績は確かなものだ。掲げる理念も立派で、国民からの信頼も厚い。

その一方で、敵対する判断と、対立を苦手としている。

「本来なら儂らが支えるべきなんじゃが」

「悔しい話ですが、実力がまだまだ足りてませんからね」

女王の周辺は、武力や戦略眼だけでは戦えない、魑魅魍魎《ちみもうりょう》の世界。

それこそ、敵か味方かの判断を明確にできるような力でもあれば……

ないものねだりでもするような自分の思考に苦笑し、ルルベールが酒をあおる。

「上に殴り込む話はあと回しじゃ。ひとまず目の前の問題じゃが、やはり、あの小僧の周囲を見張る他ないな？」

「えぇ。それか、本人と周囲を鍛えるか、ですね」

「そうじゃな。面白い部下もおるし、儂の仕事を思えばそれが最適じゃろう」

四六時中、側で警戒しているわけにもいかないが、いざという時は端末で連絡もできる。

敵の強さは不明だが、救援が到着するまで耐えればいい。

「座学をとりやめて、実技訓練の予定を早めるかの」

「それがいいかもしれませんね。それで、この件を本人には？」

「伝えぬ方がいいな。あやつは、顔に出る。黙っておいた方が無難じゃろ」

「ですね。それと、西の方で不審な動きがあると聞いたのですが――」

そうしてオッサン二人が、表情に影を落としながら、密談を続けていった。

2　貴族になる？

不意に感じた気配に、ぼんやりと視界が開けていく。

「おはようございます、アルト様」

「……ぁ、うん」

見えたのは、楽しそうなリリの笑顔。

バドラたちと三人で楽しく飲んでいたはずなのに、何故か目の前に、コップを差し出すリリの姿があった。

どうやらここは俺の部屋。窓からは、太陽の光が差し込んでいる。

もうすっかり、朝らしい。

「おはよう」

「はい！　おはようございます！」

なんだろう。記憶があやふやで、すごく頭が痛い。

いや、うん。原因は分かってる。単なる二日酔いだ。

「どう考えても、飲みすぎたな」

ふつうに俺がバカだっただけだ。

昨日は『あの頃は辛かったよなー。特にあの貴族《バカ》がさぁ』って感じのあるある話に花が咲いて、三人でカパカパ飲んでたからな。

店を出た記憶も、部屋まで帰ってきた記憶も、まるでない……

「お水です。飲まれますか？」

「……本当に申し訳ない」

「いえいえ。昨日はアルト様も楽しかったみたいですね」

「えぇ、まぁ、おかげさまで……」

嫌み、じゃないよな？　楽しそうに微笑んでいるし、『アルト様が楽しめたみたいで良かったです！』と、本気で思っているように見える。

二日酔いの心に、リリの純粋な優しさが眩《まぶ》しすぎる。

あー……水が美味い。

——というか、俺もって言ったか？

改めて周囲に目を向ける。

最初に見えたのは、放心状態のマイロくんだった。

「僕はもうむりです、ごめんなさい。姉さんのかわりなんて、ほんとうに……」

壁に向かって、一人でぶつぶつ何かを呟いている。

彼の目に、正気が宿ってないように見えるんだが……

「お姉さんもね、分かってたわよ？　フラグだなぁ。お姉さん、フラグ立てちゃったなぁ、って。でもね、夢を見てもいいでしょ……？」

「……うぅ、気持ち悪い」

何というか、色々と酷い。リリを除く全員の目が死んでいる。

みんなで女子会をする、って話だったよな？

四人になったあとで、何があったんだよ……

まぁ、詳しく聞く気はないけどさ。

「リリ。昨日は楽しかったか？」

「はい！　すっごく楽しかったです！　食べるもの全てが宝石みたいに輝いてました！」

「そっか。それはよかった」

でもな、そう思ってるのはリリだけみたいだぞ？

「ねぇ、どうしてあんなに元気なのよ？　おかしくない？」

「若さなのかな。お姉さん、まだまだ若いつもりだったんだけどなぁ」

えーっと、フィオランの若さに関しては、ノーコメントで。

なんというか、死屍累々《ししるいるい》だな。

まぁ、俺もその中の一人なんだが。

ん？　今思ったんだが、今日って授業じゃなかったか⁉

「リリ。今日の予定って分かったりするか？」

これで体力測定とか、長距離走とかだったら死ぬな。マジで。本当に、ハメを外しすぎた……

「えっと、ついさっきなんですが。ルルベール教官の名前で今日はお休みって連絡が来ましたよ」

「……休み？」

「はい。お休みだそうです！」

リリはさらに言葉を続ける。

「えっと、『急に予定が入った。すまんな』って書かれてました」

いや、すまんな、って……教官がそんなんでいいのか？

そういえば、ルルベール教官たちも飲みに行くと言ってたっけ。

「あの爺さん。二日酔いで授業を休みにしたわけじゃないよな？」

さすがにそれはないと思うが、あり得ないとも言い切れないのがな。確かめる手段もないし、気にしないのが正解か。

どちらにしても、二日酔いの俺にはありがたい限りだ。それに、やりたいこともある。

ベッドから降りて、深呼吸を一つ。

「マイロくん。ちょっと頼みがあるんだけど、いいかな？」

「僕に頼み、ですか？」

「そう。俺の特訓の手伝いをしてほしいんだよね」

頭はズキズキするけど、降って湧いた暇な時間だ、有効活用しないと。

「昨日、ルルベール教官に魔力を向けられた時の感覚、って覚えてるか？」

「えっと、あの巨大な壁に押し潰されそうな感じのやつですよね？」

「あー、うん。それかな」

俺は小さな針に刺されてると感じたが、そのくらいなら、個人差の範疇《はんちゅう》だろう。

「いつものように魔力を自分の中で循環させる訓練をしてる最中に、俺の魔力を感じたら言ってほしいんだ。いいかな？」

マルリアを鑑定して、アドバイスなんかもしたいのだが、まずは自分が抱える問題からだろう。

そう思っていた矢先——

「!!」

不意に、ゾクリとしたものが、背中を駆け抜けた。

——誰かに見られている!?

慌てて窓から距離を取り、リリたちに目を向ける。

見えたのは、全員の手を引くフィオランの姿。フィオランも気付いたか。

焦《あせ》りを滲《にじ》ませた彼女が、三人をベッドの陰に隠そうとしていた。

（悪い。そっちは任せる）

そう小さく声をかけて、魔力を逆回転させながら窓に近付く。

壁に肩をつけて、カーテンの隙間から外に目を向けた。

見えたのは、日差しに照らされる芝生と、風に揺れる木々。

周囲を見渡したが、普段と変わった様子はない。

目視じゃダメか……魔力の逆回転をやめ、周囲に魔力を広げていく。

「……え？」

怪しい気配が、どこにもない？

部屋の周囲も、雑木林の中も。

どこに魔力を向けても、普段と変わらないように見える。

——だとすれば、全力の鑑定で、より遠くまで！

そんな思いを込めて魔力を放ってみたが、怪しい気配はどこにもない。

ヒヤリとした視線を感じたのも、あの一瞬だけ。

気のせいだったのか？　そんな思いが脳裏を過《よぎ》るが、フィオランも感じ取ったようではある。

俺だけならまだしも、二人が同じタイミングで勘違いをするとは思えない。

ダメだな、考えが堂々巡《どうどうめぐ》りだ。まずは、フィオランに話を聞いてみるか……

窓際から離れて、フィオランたちの側へ。

俺が何も言わなくても、リリが杖を差し出してくれた。全員でそれに触れる。

（フィオラン、聞こえるか？）

（えぇ、感度良好。聞こえてるわ。敵なのよね？）

（いや、それが分からなくてな）

（へ？）

敵か味方か。そのどちらかだけで言えば、たぶん敵だろう。

とてもじゃないが、友好的な視線だとは思えなかった。だが……

（敵の姿が確認できない。部屋の周囲に人はいないし、雑木林の中にも怪しい気配はないんだ）

感じたのは、窓の外からの視線だとは思う。だが、それだって確証はない。

どこにいる誰に向けられたものなのかも不明だ。

（今は何か感じるか？）

（お姉さんは何も。リリちゃんたちは？）

（えっと、ごめんなさい。いつもと同じようにしか思えてないです）

（私もよ）

（僕もです）

気配を察知したのは、俺とフィオランだけか……

これが、勘違いでしたで済めばいいんだが、おそらくは違うだろう。

ルルベール教官の魔力を感じ取れたマイロくんが気付かず、弓術がSランクのフィオランが気付いたってことは……

（気配の正体は遠距離の物理系、だろうな）

その可能性が高いとは思うが、鑑定しても見つけられなかったのはどういうことだろう。俺が鑑定できる範囲の外から見ていたか、短時間で遠くに逃げる手段を持っていたか。

もし前者だった場合、過労死しそうなほど鑑定を酷使していた俺よりも、高い技術を持っている者が相手になる。

後者だったとしても、厄介な敵なのは間違いないだろう。

何より、敵の目的がハッキリしないのが厄介だな。

（今日はこの部屋から出ず、このまま様子を見たい。できるだけ窓にも近寄らないでほしい。大丈夫か？）

そう確認したが、誰からも異論は出なかった。

（フィオランはできるだけ、さっきの気配を探ってほしい。違和感を覚えたらすぐに言うこと。頼めるか？）

（もちろん！　お姉さんに任せて！　って言いたいところなんだけど、正直、自信ないわよ？）

（大丈夫。できる範囲でいいよ。俺も探るしさ）

（分かったわ。頑張ってみる）

フィオランはふぅー……と大きく深呼吸をして、愛用の弓を握って目を閉じた。

普段は見せない真剣な横顔を後目《しりめ》に、俺はリリたちの方に視線を向ける。

（申し訳ないんだけど、リリは、ルドルフ少佐に連絡を。マイロくんは、ルルベール教官に）

（分かりました）

（任せてください！）

（ねぇ、私は？）

（マルリアは何かが起きた時に真っ先に動けるように、武器を持って待機しててほしい）

（……分かったわ。任せなさい）

全員が表情を引き締めて、コクリと頷いてくれる。

もし俺が気付けなくても、フィオランや、少佐たちなら……

そう思いつつ、より遠くを鑑定できるように、全ての神経を魔力の操作だけに集中させていった。

「……ん？」

そうして見つけた、小さな違和感。

「鑑定ができない……？」

そんな場所が、雑木林の中にある。

周囲に広げていた魔力をその場所に絞ってみても、その場所だけ鑑定の結果が返ってこない。

横幅や高さが、ちょうど人が立っているくらいの大きさに思える！

「見つけた！」

鑑定ができない理由は分からないが、どう考えても怪しすぎる！

——そんな風に集中していたからだろう。

「アルトさん！　何かが来ます！」

マイロくんが叫ぶまで、部屋の中の違和感に気が付かなかった。

「魔法陣!?」

直前まではなかった光の模様が、俺たちの足下に広がっている。

次いで見えたのは、雑木林の中に集めていた鑑定の結果。

【名　前】ロイド・バスタルス（28歳）
【職　業】王国貴族：3／8（男爵）
【状　態】生命力：208／208
【技　術】弓術：B　遠距離攻撃：B
【補　足】王国の貴族として生まれ、23歳という若さで、家督を受け継ぐ。
帝国に逃げ出した鑑定士を連れ戻す任務を国王から命じられた。

王国の貴族!?　国王の命令で俺を連れ戻すだと!?

——いや、今はそんな男のことよりも、足下の魔法陣を!!

【名　前】転移の魔法陣・出口
【ランク】A
【価　格】１２０万エン
【補　足】使用者の体力を削り、任意の場所に移動させることができる。
　　　　　ダンジョンでまれに見つかる、使い捨ての魔道具。

「警戒しろ！　敵が飛び込んでくるぞ！」

そう叫びながら、ナイフを引き抜く。

「――残念だけど、遅いよ」

「なっ!?」

不意に足下の光が消え、男の声が聞こえた。

振り向いた先に見えたのは、貴族らしい豪華な服を着た男の姿。

雑木林の中にあった気配が消え、鑑定が部屋の中にいる男を、森の中にいた男――ロイド・バスタルスだと教えてくれる。

〈転移の魔法陣〉を使って、部屋の中に飛び込んできた。おそらくは、そういうことだろう。

だが、何のために？　１２０万エンもする高級な魔道具まで使って何を？

「おっと、そのまま動くなよ？　お前がアルトだよな？　何か気付かねぇか？」

男の言葉に慌てて周囲に目を向けて、初めて気が付いた。

――マルリアの姿がどこにもない。

どういうことだ⁉　鑑定した限りだが、足下にあった魔法陣には、出口とあったはずだ。

頭に流れ込んできた魔力の流れから見ても、あの魔法陣が関係しているとは思えない。

だとしたら、マルリアはどこに⁉

「おー、いいねぇ。悪くねぇ表情だ。でよぉ、こいつはなんだと思う？」

そう言って、男が右手を掲げてみせる。

人差し指と中指の間に、赤い玉が挟まれているように見えるが……

【名　前】禁固の檻
【状　態】使用済み
【ランク】A
【価　格】100万エン
【補　足】拘束したい相手の体に押し当てて使用する。
使用者の意思、もしくは四十八時間の経過で、拘束した相手が外に出られる。

「……マルリアがその玉の中に入っている。そういうことだな？」

「正解だ。いやー、鑑定士が相手だと理解が早くていいな。でさぁ、この玉、ナイフで切ったら、どうなると思う？」

「……」

鑑定の結果には書かれていないが、いい結果になるとは到底思えない。

どうする!?　どう動くのが正しい!?

「……服装を見る限り、王国の貴族だとは思うが。何が目的だ？」

「何って、簡単なことだ。お前を連れ戻せと命令されてな」

「連れ戻せ？　殺せじゃなくてか？」

鑑定の結果にもそう書かれていたが、どうにも理解ができない。

俺が知る限りじゃ、見せしめを兼ねた口封じが、奴らの常套手段《じょうとうしゅだん》だ。

俺が発生源になった〈平民の希望〉とかいう噂を終わらせるためにも、『こいつは帝国を信じて裏切られた。こんな遺体が送られてきたぞ！　見ろ!!』とか言いながら、俺の遺体を街の広場などに飾り、市民に見せつける。それが奴らのやり方だ。

連れ戻す、と出るのは完全に予想外。だが、ともかく男の目的は分かった。

「俺が王国に行けば、マルリアは解放してくれる。そう思っていいんだな？」

「ん？　おー、この玉の中の女な？　いいぜ、解放してやるよ」

「……分かった」

どこまで本気か分からないが、従う他に道はない。

握り締めていたナイフを手から落として、両手を上げる。

「なんだ？　素直すぎやしねぇか？　まぁ、俺にしちゃぁ、そっちの方が――」

「ダメです、アルト様！　マルリアなんか、見捨てましょう！　私が斬り込みます！」

なっ!?　リリが杖を構えた!?

『マルリアなんか』なんて、リリらしくないことを……

いや、違うな。リリは、そんな子じゃない。付き合いは短くても、そのくらいのことは分かる。

鑑定を見る限りだが、敵に操られているわけでもない。

つまり、リリの目的は一つ。

「待て！　落ち着け!!」

そう言葉をかけて、リリを止めようとして彼女の前に出る。

構えられた杖の先を、ぎゅっと握り締めた。

（リリ！　聞こえるな!?）

（はい！　聞こえています！　指示をお願いします！）

やはり、杖に触れさせるための演技だったか。正直助かった。

（そのまま、暴れるフリをしていてくれ。分かっていると思うが、敵の様子を窺いながらだ。できるな？）

（もちろんです！）

　あとは、残る二人を。

「フィオラン、マイロ！　手伝ってくれ！」

「放してください！」

　白々しいか？　……いや、後手に回ってる現状では、他に手段はない。

　今は成功させることだけを考えろ。

「リリちゃん！　落ち着いて！　ね？　いい子だから」

「すみません、僕はリリさんに賛成です。敵に捕まるようなバカなお姉ちゃんなんて、見捨てるべきですよ」

「そんな！　マイロくんまで!?」

　普段は姉さんと呼んでいるのに、お姉ちゃんか。

　マイロくんはその場に座り込んで、目を閉じた。

　特殊体質のマイロくんが杖に触れると、リリの支援魔法が活かせなくなる。意図を理解した結果だろう。

「待って！　みんな、落ち着いて！　こんな時こそ、一致団結しないと！」

　そう言いながら、フィオランがリリを背後から抱きしめた。彼女の視線は、ずっとマルリアが捕らわれた赤い玉を見つめている。

彼女の表情は真剣そのもの。こっちは、どう見てもリリの態度を本気にしているな。

「おー、いいね、いいね！　俺好きよ、そーゆー、ドロドロした仲違《なかたが》い！」

どうやらそれが、上手い方向に向いてくれたらしい。

男は赤い玉を胸のポケットに仕舞い、楽しそうに手を叩いていた。

（リリ、杖をフィオランに当てられるか？）

（やってみます）

リリは背中に抱き付かれた状態のまま小さく体を動かし、杖を後ろに押し出す。

俺が握る部分を巧みに使って、反対側をフィオランの脇腹に触れさせた。

（フィオラン、聞こえるな？）

（んぇ!?　……あっ、リリちゃんの力！）

（そういうことです）

ようやく気付いてくれたらしい。

（状況は、分かるな？）

（えーっと、リリちゃんの暴走が演技で、お姉さんが馬鹿だった？）

（あー、うん、まぁ。そんな感じだ）

馬鹿は言いすぎだとは思うがな。フィオランがリリの行動を本気で信じたおかげで、説得力も増したようだし。

　チラリと背後を流し見るが、男に気付かれた様子はない。

（ひとまずは、相手の出方を見る。マルリアが人質に取られている現状を打破しないことには、打つ手がない）

（そう、ね）

（分かりました……）

　視線だけで頷いて、焦る気持ちを落ち着かせるように、ゆっくりと息を吸い込んだ。

「フィオラン。リリを任せてもいいか？」

「もちろんよ！　お姉さんに任せなさい！」

「嫌です！　放してください！」

　説得力を持たせるためにリリも本気で動いているようだが、さすがに身長差がありすぎる。

「マイロくんも聞き分けてくれるな？　これは准尉としての命令だ」

「……分かりました。アルト准尉がそう言うのなら、従いますよ」

　チラリと俺の顔を見上げたマイロくんが、泣きだしそうな目を慌てて伏せる。

　ギュッと握り締められた手を横目に見ながら、俺は男の方へと体を向けた。

「聞いての通りだ。それで？　俺はどうすればいい？」

「あー、そうだな。俺としては、乱闘騒ぎを期待したんだが、まぁいい。まずは外に出るぞ。鑑定士だけ付いてこい」

「分かった」

（敵の隙を見て、マルリアを取り返してくるよ。リリたちは、教官や少佐に現状を伝えてほしい）

　王国には、瞬時に連絡を取り合える端末なんてない。

　貴族だけが持っていた可能性はあるが、奴らは帝国のことを『平民の国』と馬鹿にしている。

　俺の部下でしかないリリやフィオランが、そんな道具を持っているとは思わないだろう。

（……分かりました）

（ありがとう。ついでってわけじゃないが、マイロくんのことも頼む）

　パッと見ただけじゃ分からないが、ずいぶんと焦っているように見えるからな。

　やはり、実の姉を捕らえられて、気が気ではないだろう。

　そう思っていると、不意に温かい魔力が杖から流れ込み、リリの体から力が抜ける。

（ごめんなさい。〈スピードアップ〉と〈魔力の強化〉、〈パワーアップ〉を勝手に付与しました。

　私ができる精一杯です……）

（ありがとう、助かるよ）

　限界まで魔力を上乗せして使ってくれたようだ。

　魔力不足で辛そうな表情を覆い隠したリリが、ふわりと笑ってくれる。

（アルト様も、無事に帰ってきてください。約束、してくれますか？）

（もちろん。あんな地獄のような国に行く気はないからね）

そう心の中で呟いて、リリの杖から手を放す。

だが、優先すべきはマルリアだ。

俺の事情に彼女を巻き込むわけにはいかない。

「みんな、元気でな。短い時間だったけど、楽しかったよ」

王国じゃ体験できない、本当に楽しい時間だった。だからこそ、貴族なんかに邪魔をされて、終わらせるわけにはいかない。

そう自分に言い聞かせて、窓の鍵に手をかける。

音もなく開いていく窓を見ていた男が、不思議そうに首を傾げていた。

「なんだ？　帝国の部屋は、窓から出入りするのか？」

「ん？　あぁ、悪いな。こっちの方が慣れてるんだ」

「……まぁ、外に出られるのなら、どこでもいいんだけどよ」

そう言って、男が素直に付いてくる。

森の中から俺たちを監視していたから、てっきりこっちから行くものだと思ったんだが、違ったのか？

すると、男が思い出したように足を止め、マイロくんを指差した。

「おっと、そうだ。この女の弟ってのがいたな？　お前も一緒に来い」

「なっ——⁉」

マイロくんは驚きの表情で男を見上げる。

「ちょっと待て！　王国に連れ帰るのは俺だけって話だろ⁉」

「いや、ちげぇよ。女の子を一人で帰らせるのは危ないし、可哀想だと思ってな。違うか？」

「……」

それは、そうだが……

「何故マイロくんを？」

「あん？　姉弟だからに決まってるだろ？」

「それが理由なら、他の者にするべきだ。彼は見た目通り、まだ幼い。王国までの旅は酷だろう」

「いや、問題ねぇよ。そんなに歩くわけじゃねぇ。足が遅いなら、お前が背負えばいい」

「……」

そんなに歩くわけじゃない？　荷馬車で数日の距離だぞ？　何かあるわけか……

「いや、しかし——」

リリやフィオランなら、戦う手段もある。この中で一番人質に向いているのは、間違いなくマイロくんだ。

見た目からしても幼いマイロくんを選んだのは、姉弟という理由だけじゃないだろう。

「なんだ？　この玉にナイフを刺してもいいのか？」

「それは……」

ダメだ。人質を取られている状況では、何を言っても相手の方が有利。だが……

「大丈夫ですよ、アルトさん。僕でよければお供します。馬鹿なお姉ちゃんの尻拭いなら得意ですから」

「……分かった。よろしく頼むよ」

「はい！　任せてください！」

どうにかして、打開策を講じないと……このまま流されていては、相手の思う壺だ。

何かチャンスを！　そんな思いを胸に、窓枠に足をかけて外に出る。

次いで駆けてきたマイロくんを抱き上げて、日差しの当たる場所へ。

（ご自身の命を最優先に。できればでいいので、姉さんを助けてあげてください。僕なら大丈夫ですから）

（大丈夫。マイロくんも必ず助けるよ）

耳元でそう声をかけて、マイロくんを芝生の上へ。

「おー、いい天気だねぇ。ちょっくら林の中で散歩といこうや」

遅れて外へと出てきた男を先頭に、雑木林の中へと足を踏み入れていく。

マイロくんは俺の背後。リリの支援魔法のおかげで、体は十二分に動く。今の俺なら、マイロくんを抱えて逃げることも可能だろう。

問題は、男の胸ポケットに入っている赤い玉を――マルリアをどうやって取り返すか。

そう思っていると……

「なぁ、お前ら。二人とも、貴族になる気はないか？」

足を止めた男が、楽しそうに笑いながらそんなことを言った。

「……どういう意味だ？」

貴族にだけ通じる専門用語か何かか？　意味がまったく分からないんだが……

背後に目を向けると、マイロくんも同じように首を傾げている。

「何二人でしけたツラしてんだよ。意味も何も、聞いたまんまだ。国王からお前を貴族に引き上げろ、って言われてんだよ」

「‼」

鑑定結果に国王からの命令とは書かれていたが、そんなことまで……

「本当は、鑑定士だけの予定だったんだがな。そっちの子供、マイロとか言ったか？　お前も連れて帰ることにした」

「――なっ⁉」

連れて帰る⁉　王国にか⁉

「待てよ！　それじゃあ、話が――」

「まぁ、聞け。誰にとっても悪い話じゃねぇよ」

そう言って、男が赤い玉をポケットから取り出して、指先で摘まんでみせる。

「そもそもの話なんだがな。人質なんて面倒なことをせずに、最初から鑑定士を狙うつもりだった。それがどういうわけか、転移の魔道具が拒否しやがってな」

「拒否……？　使えなかったのか？」

「そういうことだ。でよ、色々と試したら、その子供から離れた場所なら、普通に転移できたってわけだ。その歳で特殊な魔法持ちってことは、生まれつきの常時発動型だ。違うか？」

「…………」

当たらずとも、遠からず。マイロくんの体内にある何かが、魔法の発動を邪魔したのだろう。

男はその正体を魔法だと思ったわけか。

「優秀な魔法使いの血統は、どの貴族も欲しがるからな。いい待遇を提示してくれる貴族を見つければ、幸せな生活ができるぜ？」

それ故に、連れ帰れば男の手柄になるわけか。

貴族に飼い殺しにされる生活が幸せだとは到底思えないが、王国にいる平民よりはマシな生活なのも確かだ。

「それにだ。上手く立ち回れば、そいつ自身が貴族になれるくらいの可能性を秘めてるんじゃねぇか？」

そう言葉にしながら、赤い玉を手の中でもてあそんで、ポケットの中に仕舞い込む。

その様子をじっくりと眺めながら、俺は右手を強く握り締めた。

「鑑定士のお前さんは、帝国で貴族っぽいものになったんだろ？　でもよ、未来のない国で貴族になっても仕方ないだろ？」

「……どういう意味だ？」

「あん？　こっちも言葉通りだぜ？　帝国に未来はねぇ、って言ってんの」

あまりにも堂々と言い放つ男の態度に、慌てて振り返る。

マイロくんも俺と同じ気持ちなのか、信じられないものでも見るように目を大きく見開いていた。

「未来がないのは、王国の方だと思っていたけどな」

「は？　王国が滅びるわけねぇだろ。貴族の国だぜ？」

……だから滅びると思っているんだが。

「帝国がダメな理由は色々あるが、その中でも特にマズいのが『役職は当代限り』で『地位を子孫に継げねぇ』ってやつだ。そんなんで、国が保てるわけがねぇよ」

どこまでも平坦で、ほんの一欠片も疑っていない。男の声はそんな風に聞こえる。

「確かに、貴族の地位に胡座《あぐら》をかいてる奴も多いけどな。全員が、生まれた瞬間からその道だけを極め続ける運命を背負ったプロフェッショナルだ。積み上げてきたものを受け継ぎ、何十年も研鑽《けんさん》を積んだ両親に教えを叩き込まれる。それが貴族なんだよ」

男はそこで一度言葉を切り、ふぅ、と小さく息を吐く。

「知識を受け継ぎ、その武器を特化させる王国と、好みの武器を手当たり次第に探すところから始める帝国。そんなもん、王国の方が強いに決まっている。そうだろ？」

「…………」

一理、あると思う。

素質がAで一年訓練した者と、素質がDで十年訓練し続けた者。高いスキルを持つのは後者だ。経験豊富な指導者の存在にも大きく左右されるのは間違いない。だが……

「その一人を育てるのに、何人が犠牲になっていると思っているんだ？」

生まれながらに虐《しいた》げられる生活を決められた者。搾取《さくしゅ》され続ける人生から逃げられない者。

その全員が、死んだ目をしていた。

「この国に住む人々は、みんな幸せそうな顔をしているよ。向上心のない者も少ないように見えるしね」

リリやフィオラン、マルリア、マイロくん。

詳しくは聞いていないが、おそらくは全員が、王国なら飢えて道端で倒れるであろう境遇に生まれている。それでも幸せそうに走り続けていられるのは、この国だからだ。

数人のエリートよりも、千人の一般人の団結力の方が強いに決まっている。

俺は、心の底から、そう思う。

「ふん、まぁいい。そろそろ返答を聞かせてもらえるか？　貴族になれるなんて厚待遇を断ることは、ありえないと思うがね」

優しそうな笑みを浮かべた男が、赤い玉を指先に摘まんで近付いてくる。

「もしここで頷いてくれるなら、この子は返すよ」

そう言葉にしながら、さらに前へ。

中指と人差し指の間に挟まれた赤い玉が、手を伸ばせば届きそうなほど近くにある。

「返答か……」

マイロくんは、俺の真後ろにいる。

――仕掛けるなら今しかない！

「断らせてもらう！」

そう叫びながら、俺は赤い玉を見つめて、大きく踏み込んだ。

驚いたような表情を見せる男の様子を横目に見ながら、赤い玉に魔力を向ける。

【名　前】禁固の檻
【状　態】未使用
【ランク】A
【価　格】１００万エン

俺を挑発するように持っていた玉は、マルリアが捕らえられているものじゃない。

そう知りながら、赤い玉に向けて手を伸ばす。

この玉で俺を捕まえる予定としか思えない。男を流し見ると、口元がニヤリと歪《ゆが》んでいた。

「――俺を貴族にするって約束、本物だった方が驚くけどな」

相手は、王国の貴族。どれだけ甘い言葉を並べられても、信用なんてできるはずがない。

男の手が翻《ひるがえ》り、未使用の赤い玉が俺の方に向けられる。

俺はその玉を屈《かが》んで避けて、男の手首を払いのけた。

「なっ!?」

リリたちを見捨てて、こんな奴らと同じ地位になれ？　なるわけないだろ。

「俺が鑑定士だってことを忘れたのか？」

本物か偽物かなんて、鑑定すれば見抜ける。

宙を舞う赤い玉を横目に、男の懐《ふところ》に潜り込む。

リリにかけてもらった支援魔法のおかげで、体が軽い。

男の胸ぐらを掴むように手を伸ばし、ポケットに仕舞われていた本物の赤い玉を男の服の上から掴み取った。

そのままの勢いで男を押し倒しながら、ポケットを引き千切る。

「マイロくん！」

地面に倒れていく男を見ながら、布の中に埋もれていた赤い玉を背後に投げ渡した。

「大切に持っていてくれ！」

マルリアを閉じ込めているものは、Ａランクの魔道具。簡単に壊れるものじゃない。

そう願いながら、倒れた男の手首を掴んで、背後に回り込む。

「姉さん……良かった……」

無事に掴んでくれたようだ。

ほっとしたマイロくんの声を聞きながら男の背中に乗って、両手を押さえ込む。

「ぐっ！　貴様！　俺は貴族だぞ！」

「だからなんだ？　殺してほしいっていう懇願《こんがん》か？」

貴族なんてのは、憎むべき相手でしかない。まさか、敬って手を離すとでも思ったのか？

「ふざけるな！　女を取り返した気でいるようだが、めでたい奴らだ！　ここで俺を殺せば、その女はその玉から出てはこられなく——」

「いや。普通に出てこられるだろ？　四十八時間待てばいいだけだ」

「なっ⁉」

一瞬だけ男から力が抜けて、本気で驚いたような声が漏れ聞こえる。

そのわずかな隙を突いて、男の手をより強固に締め上げた。

「ぐぁっ——！　貴様‼」

「俺が鑑定士だって知ってるよな？　自分が勧誘しに来た男の力は、事前に把握しておいた方がいいと思うぞ」

王国の貴族ってだけでも許しがたいのに、マルリアを捕らえられたせいで腸《はらわた》が煮えくり返っているんだ。

これ以上、煽るようなことは言わないでもらいたい。

それに……

「本物がマイロくんに渡った時点で、勝負は決まったようなものなんだよ」

「どういう、意味だ？」

「王国じゃ見捨てられていた力に助けてもらう。そんな感じだな」

こっちはさすがに理解できないだろうがな。

そう思いながら、背後に目を向ける。

「アルトさん……」

「大丈夫。そろそろだよ」

魔道具の中にある魔力が、マイロくんの体内へと流れ込んでいる。

さすがはAランクの魔道具というべきなのか、表面は厚い魔力に覆われていて、その下に緻密《ちみつ》な魔法陣が仕込まれていた。

表面を覆う魔力は膨大で、外的要因から中の魔法陣を守るための防波堤になっているように思う。

逆に言えば、その魔力さえなくなれば、檻を壊すのなんて一瞬のこと。

赤い玉にヒビが入り、弾《はじ》けるように玉の中からマルリアが出てきてくれた。

「ちょっと、なんなのよ！　檻に閉じ込めて連れ去るとか、最低じゃない！」

「姉さん！　よかった……」

マルリアは服に付いたホコリを払い、マイロくんの髪に手を伸ばす。

「ほら、泣かないの。男の子でしょ？　……心配をかけたわね」

彼女は部屋にいた時と変わらない様子で、衰弱しているようにも見えない。

「マイロくん。教官に場所と敵の確保の報告を頼めるかな？」

「分かりました！　任せてください！」

ぐっと両手を握ったマイロくんが、涙を拭《ぬぐ》い、木々の隙間を駆けていく。

姉が助かった喜び。押し潰されそうな重圧からの解放。そんな感情が、表情に表れているように見える。

「……馬鹿な！　貴様ら、何を!?」

「敵に情報を漏らすわけないだろ」

「ぐっ!!」

ほっと心の曇りが晴れて緩みかけた腕を、慌てて締め直す。

より強く、全身の力を込めて男の動きを封じる。今の幸せな生活を破壊しようとしたやつを逃すわけにはいかないからな。

「マルリア。体調に異常がないなら、こいつを縛ってくれ。できそうか？」

「当たり前じゃない！　あんな狭い場所に閉じ込めてくれた報いを受けさせてやるわ！　ポケットの中とか、ほんとに暗くて狭かったんだから！」

瞳に怒りを宿したマルリアが、身に着けているがま口のポシェットをパチリと開いて、太いロープを引っ張り出す。

「ぎゅーぎゅーに縛り上げて、ぐぇ、って言わせてやるわよ！」

ロープの先を握り締め、マルリアは不敵な笑みを浮かべながら男を見下ろした。

俺と同じかそれ以上に、彼女も怒っているらしい。

「平民が！　こんなことをして、ただで済むと思うなよ！」

「ほんと、うるさいわね！　あんたは黙って縛られてなさい！」

逃れようとする男の手首をロープで結び、胴体に縛りつける。

これで簡単には抜けられない。あとは、教官が到着するのを待てば、この面倒な仕事は終わりだ。

そう思っていると、マルリアが、何故か俺の顔を真っすぐに見つめてくる。

「ねぇ。あんたが赤い玉を投げてくれたせいで、何度も頭をぶつけたんだけど。上下左右が分からないくらい、本当にグルングルン回ったんだからね？」

え!?　あの玉の中って、そんな感じになってたのか!?

閉じ込められた状態で、グルングルン……

「それは、なんというか。本当に申し訳ない」

知らなかったとはいえ、悲惨すぎるな。魔道具の中は、別空間というべきか、特殊な力で守られてると思っていたんだが。

「まぁ、でも、助かったわ……ありがと」

マルリアは頬を赤らめてそう言い、俺に背を向けて男をさらに縛り上げていく。

「私が捕まらなかったら、もっと楽に取り押さえられたのよね。皆にも迷惑をかけたわ。私がもっと強かったら……」

マルリアがそう小さく言葉にしながら、男の足にロープをかける。

——その瞬間。

「なっ⁉」

ゾワリとした寒気が、全身を駆け抜けた。

慌てて周囲に魔力を向けるが、それらしい鑑定結果は見当たらない。

だが、男の靴に、何かしらの違和感がある！

いや、靴じゃない！　その内側！

靴の表面の鑑定はできるが、その下から鑑定の情報が返ってこない！

よく見ると、ズボンにあるポケットの中も膨らんでいるように見えるが、鑑定が届かない‼

「マルリア！　今すぐこの場を――」

「この手は使いたくなかったんだがなっ!!」

俺の叫び声を遮った男が、右足を大きく持ち上げる。

ロープを避けるように体を捻り、つま先を地面に叩きつけた。

より強くなった危機感を胸に、男の腕から手を離し、マルリアを抱き締める。

はじめに感じたのは、視界を埋め尽くす強烈な光と浮遊感。

次いで強い衝撃を受けて、体が宙に投げ出された。

「くっ――!!」

空中で体勢を整えて、マルリアの頭を両手で抱える。

背中から地面に落ち、体が転がっていく。

「ごぼっ……」

見えたのは、積み重なった木の葉と、マルリアの綺麗な髪。

どうやら、木の幹にぶつかって止まったらしい。

傷一つないマルリアが、腕の中で、けほけほと小さく咳き込んでいた。

「いったい何が……」

顔を上げた先に見えたのは、焼け焦げた地面と、膝立ちで弓を構える男の姿。

右足から血を流しながら、赤い弓を俺たちの方に向けていた。

【名　前】爆発の複合弓
【ランク】A
【価　格】780万エン
【補　足】専用の矢を用いることで、着弾時に爆発を起こすことができる。
バスタルス家に伝わる秘蔵の品。

爆発する矢。俺たちが吹き飛ばされたのは、その関連だろう。

靴の中に爆発させる何かがあり、鑑定ができないポケットの中に弓があった。

弓はポケットに入るような大きさじゃないが、状況からしてそれ以外に考えられない。

何故、鑑定ができなかったのか。何故、今は鑑定できるのか。そんな考えが頭を過るが、今はそんなことよりも安全の確保が先だ。

「マルリア、すぐにここを離れろ！」

俺はそう言い残して、男を目掛けて駆けていく。

上着に隠してあった短剣を引き抜き、全力で接近する。

遠距離主体の素質を持つ敵に、距離を取られるのはマズい！　爆発する矢が放たれる前に、どうにか対処を！

「殺さない予定だったんだが、まぁいい。土産《みやげ》はさっきの子供だけで良さそうだからな」

マルリアは、背後にいないな！

俺の言葉に従って、駆け出している！　これなら！

「死んどけや、鑑定士!!」

男の手から矢が離れ、張り巡らせた鑑定が、情報を伝えてくる。

方向、速度、技術による修正。それらを全て踏まえて、俺は体を目いっぱい後ろに倒した。

「――なっ!?」

驚く男を余所《よそ》に、俺の体すれすれを赤い矢が通りすぎていく。

そのまま飛び去った先で、地面を大きく揺らす爆発が起きた。

「避けただと!?」

驚く男を後目に、さらに前へ！　次の矢を構える前に、どうにか動きを封じないと！

――そう思った矢先。

「すまない。遅くなった」

細身の剣が、男の肩に突き刺さっているのが見えた。

「くっ!!」

ハッと目を見開いた男が、肩に刺さる剣を強引に引き抜いて、持っていた矢を足下へと投げ落とす。

小さな爆発が起こり、男の体だけが、爆風に飛ばされた。

衝撃を殺すように地面を転がり、距離を取った男が弓を構える。

その先に見えたのは、レイピアのような剣をハンカチで拭うルドルフ少佐の姿。

「へぇ。接近された時の対策をとっさにできるのか。確かに並の弓士とは違うかもな」

ルドルフ少佐は弓を構える男にそう言い、背を向けた。そして何故か、俺の方へと歩いてくる。

「遅くなってすまなかったね。無事かい？」

「……えぇ、まぁ。一応は」

爆発で吹き飛ばされて地面を転がり、全身傷だらけ。だが、その程度だ。たぶん、骨は折れてない。

――いや、今は矢を警戒しないと！

だが、俺の思いとは裏腹に、男が苦しそうに胸を押さえて、弓を地面に落とす。

「……くっ。きさま、何を……！」

「大丈夫、ただの痺れ毒だよ。死にはしないさ」

優しい笑みを浮かべながら、ルドルフ少佐は懐から小さな瓶を取り出してみせる。

いつの間にか、マイロくんを片手で抱えたルルベール教官も立っていて、マルリアの側には杖を構えたリリの姿があった。

少しだけ離れた位置に、弓を構えたフィオランもいる。

「君の自由を奪っている毒は、僕が独自に配合した特殊なものでね。逃げられるとは思わないことだよ」

「おぬしを手引きした者がおるはずじゃな？　まさか、王国から一人で来たとは言うまい？」

獰猛《どうもう》な笑みを浮かべたルルベール教官が、マイロくんをその場に立たせて、ゆっくりと近付いてくる。

「時間もあることじゃし、もののついでじゃ。溜まっていた鬱憤《うっぷん》も晴らさせてもらうとするかのぉ」

コキリ、コキリと拳を鳴らし、倒れていた男の胸ぐらを掴んで持ち上げる。

敵は動けず、俺には仲間たちに、教官や少佐もいる。

改めて周囲に魔力の霧を広げてみたが、敵らしき者の気配はない。

「くっ――、平民風情が、貴族である俺に触るんじゃねぇ……！」

男も悔しそうな表情を見せてはいるが、動かせるのは指先くらいのようだ。

マルリアもマイロくんも無事。

「本当に終わったな」

ほっと吐息が漏れて、全身から力が抜けていく。

――だが。

「仕方ねぇな。今日はこのくらいにしておいてやるよ！」

男がニヤリと笑った。

怪訝《けげん》な顔をする教官の前で、男は何かを噛み潰す。

【名　前】転移の魔法陣・入口

男の足下に見えたのは、見覚えのある魔法陣と、見覚えのある鑑定結果。

「ルルベール先輩！」

「くっ――！」

少佐たちが警戒感を滲ませ、とっさに魔法陣から距離を取る。

そんな二人の横を通り抜けて、俺は手元の短剣を強く握り直した。

「アルト准尉!?」

「小僧!?　いったい何を！」

声に構わず、短剣を魔法陣に突き刺す。

そして自分の魔力を魔法陣の中に流していく。

「この魔法陣は、一度見ている」

外壁を辿り、より内部へ。術式の中心部に向けて、今ある魔力を余すことなく叩き込む。

「なっ……!?」

光の模様が跡形もなく消えて、男が大きく目を開く。

この男は、いったい何を驚いていたのだろうか？

「鑑定士を相手に、同じ手が通用すると思っていたのか？」

そう問いかけて、もう一度周囲に全力の鑑定を向ける。

怪しい敵も魔法陣もないことを確認して、俺は、ふぅー……と大きく息を吐き出した。

3　クラス分けの試験

「おい、聞いたか？　昨日の爆発。やっぱ、事件だったらしいぜ？　でもって、今回も〈蛇殺しの英雄〉が活躍したってよ！」

「おぉ、聞いた、聞いた！　自分を囮《おとり》にして、スパイを捕縛したとかって話だろ？」

「さすがは准尉って感じだよな！　おっ、噂をすれば……」

そんな声が聞こえてくる教室のドアを開いて、リリたちと中に入る。

どうやら、昨日の出来事が、噂としてずいぶんと広まっているらしい。

最後は結構デカい爆発とか起こしていたし、雑木林もズタズタになって燃えていたからな。

噂が広まらない方が、逆に不思議か……

「ねぇ、アルトくん、アルトくん！　みんなが『アルトくんに大注目!!』って感じだよ！」

「さすがはアルト様、って感じがしますね!!」

フィオランとリリは目を輝かせているが、何がそんなに嬉しいのか……

目立つことに慣れていない俺としては、今すぐ帰りたいのだが、ダメかな？

ちなみに、今日はこれからルルベール教官による授業。全生徒が参加する予定だ。

どう考えても、帰ったらダメだよな。

（すごいよねー。だって英雄だものねー）

（だねぇ。今度、話しかけてみる？）

（そうしてみよっか！）

現状だけを見ると、入学式の時よりも注目されている気がするのは、気のせいだろうか……

（見た目は平凡、って感じなんだけどな。本当に強いのか？）

（当たり前だろ？　なんたって、准尉だぞ？）

（だよな。見た目で判断したら痛い目を見るよな）

いや、残念ながら見た目通りの実力です。リリたちに助けられてばかりで、俺の実力で掴んだ地位じゃないです。

そう言って誤解を解いて回るのも、変に目立つよな？　どうするべきか……

などと思っている間に、フィオランが席を決めたらしい。

「ここでいい？」

「あぁ。問題ないよ」

場所は、教室の真ん中辺り。変なこだわりもない俺としては、黒板さえ見えればどこだっていい。

そんなことを思いながら席に着くと、左にリリが、右にフィオランが座った。マルリアとマイロくんは、一列後ろの席に座るようだ。

俺が真ん中だと、何だか警護されているような気分になるな。そう思っていたのだが、どうやら間違いでもないらしい。

（近くで見ると、准尉のオーラを感じるね！　ボクを部下にしてくれないかな？）

（ちょっと待ちなさいよ！　ずっと私の部下でいてくれるんじゃなかったの？）

（そのつもりだったけどね〜。彼って、英雄でしょ？　向こうの方が、将来有望だもん!!）

（……それは、……そうだけど。くっ！）

明確な殺意を交えた視線をいくつか感じる……

無論、好意的な視線の方が多いのだが、そちらも獲物を狙うような目に見えてくる……

将来有望も何も、俺としては、今の生活を維持できれば十分なんだがな。

美味しいものが食べられるだけの給料がもらえて、ゆっくり眠れる時間がある。これ以上、何を望むんだ、って話だ。

そう思っていると、前方の扉がガラリと開けられた。

「昨日は休講してすまんかった。招いてもいない迷惑な客の対処に追われていてのぉ。今日は座学から始めるぞ」

そんな言葉と共に姿を見せたルルベール教官が、俺を見てニヤリと笑う。

『こやつの襲来に関してじゃが。儂らの要請を受けたおぬしが囮になり、敵の重要な情報を得た。上にはそう説明するが、それでもええかのぉ？』

『立て続けに襲撃を受けて、撃退したとなると、変な勘ぐりをする者も出てくるからね。そのための対処だよ』

『無論、決めるのはおぬしじゃが、儂らの陰に隠れて、どーんと構えておる方がおぬしの好みじゃと思うんじゃが？』

ルルベール教官とルドルフ少佐にそう言われて、マルリアを人質に取ったクズの後処理を教官たちに任せたが、どうやら無事に終わったようだ。

ルドルフ少佐が言うには、『相手は下級の貴族だったみたいだけど、貴族は貴族だからね。立て続けの襲撃が来ないよう、十分な牽制になってくれると思うよ』とのことらしい。

王の命令とかなんとか言ってたが、すぐにまた新しい敵が！　みたいなことにはならないのだとか。

だが、これが最後だとは到底思えない。

——やはり、俺が強くならないと、リリたちに迷惑がかかる。

鑑定しかまともに使えない俺が、『上手く鑑定できませんでした』じゃ話にならないからな。

気付かれないようにするのはもちろんだが、近付く敵を見落とす方がはるかにマズい。

そう思いながら、報酬代わりにもらった黒い布を机の上に置いて、ふぅ……と大きく息を吐く。

コンコンと細い指先で膝を突かれて、そちらに目を向けると、リリの杖が膝の上に置かれていた。

（布を持ってきていたのですね。秘密裡にもらったものを堂々と持ち歩いていいんですか？）

（あー、うん。まぁ、大丈夫だと思うよ）

リリが言う通り、この布は上層部に報告をせず、秘密裡にもらったもの。出所は、捕まえたあの男のポケットの中だ。

どうやらこの布が、俺の鑑定を阻んでいたものの正体らしい。

本来なら報告書と一緒に国に提出するべきなのだが、少佐たちに無理を言って借りてきた。

（提出した報告書には記載してないし、布を見た者の反応次第じゃ、敵のあぶり出しもできるからね）

一般には出回っていないものだって話だから、これを見て驚くような奴は敵である可能性が高い。

それに何よりも、この布を鑑定できるように訓練しないとダメだからな。

（なるほどです。アルト様は、色々と考えているんですね！）

（まぁ、必要に迫られて、って感じだけどな）

そう言いながら、俺は笑ってみせる。そして改めて、黒い布に視線を向けた。

森の中にいた敵の鑑定ができなかった。爆発する弓の鑑定が、できなかった。

その原因は、どっちもこの布に覆われていたからだ。

（そのせいで、今回は何もかもが後手に回った）

特に、あの爆発する弓や矢を事前に鑑定できていれば、マルリアたちを危険にさらすことなく、適切に対処できていたはずだ。

弓を先に奪う。足の爆発を考慮して捕縛する。

（全てとは言わないが、この布を透過して鑑定ができていれば、状況はよりいい方向に持っていけたはずなんだ）

（なるほどです！　私も、もっとすごい付与ができるように頑張りますね！）

（ん？　ん～、そうだな。頑張るのはいいが、頑張りすぎはダメだから、ほどほどに頑張ること。いいね？）

（……はい）

リリが、ほんの少しだけ頬を膨らませているけど、頑張りすぎは本当に良くないからな。若いうちは分からないかもしれないが、歳を重ねるごとに体に影響が出てくるし。

ルルベール教官が、おほん、と咳払いをした。

「説明を始めるぞ。話半分でもいいので聞いておれ」

教官は俺の机の上にある布に目を落としてから、周囲に視線を向ける。

鑑定の訓練をしながらでも話はしっかりと聞く予定だったのだが、どうやら話半分でも見逃してくれるらしい。だったら、もう少し気合いを入れて、布の鑑定をしてもいいかな。

そう思った矢先、ふと、気になる言葉が聞こえてきた。

「おぬしらは、平均で二年間。軍人としての基礎を学んでもらうわけじゃが。知っての通り、成績次第でクラスが分かれる」

ルルベール教官は一度言葉を切り、黒板に『ＡＢＣＤＥ』とチョークを走らせた。

「Ａランクのトップで卒業できれば、おぬしらが望むどの部隊にも進めるじゃろ。最初は全員がＤランク以上じゃが、Ｅでも成績が振るわない者は、下に落ちてもらう予定じゃ。ここまではいいな？」

いえ、よくないです。

そう声に出そうになったが、どうやらこの国では一般常識らしい。誰からも質問の声が上がらない。

成績でクラスが分かれるのは、分かる。だが、Ｅでもダメなら下に落ちる、ってのはなんだ？

そんな疑問が浮かんで、慌ててリリの杖を握り直した。

（なぁ、リリ。今の話って、どういう意味だ？　Ｅからさらに下っていうのは……）

（え？　えっと、その方の成績次第だと思うんですが、たぶん、周辺にある訓練校に行くことになると思いますよ）

（……つまりは、訓練校にもランクがあるってことか？）

（あっ、知らなかったんですね。えっと、例外はあるんですが、帝都に近いほど難しくて、よりレベルの高い訓練校になりますね）

……それってつまり。

（帝都《ここ》が一番、高いランクってことか？）

（その通りです。本当なら私なんかが入学できるレベルじゃないんですが、本当にアルト様のおかげです！）

（……あー、うん。それは、良かった……）

苦笑いをしながらリリの笑顔に応《こた》える。

俺は無知故に、最難関の場所に入り込んでしまったらしい。

王国なら王族専用学園。それと同じレベルということか……

鑑定しかできない俺には場違いだと思うのだが、リリたちのためにもできる限りのことはしないとな。

「部下登録をしている者は、上司のランクに合わせた場所で一緒に授業を受けることになっておる。上司を代えることは可能じゃが、互いに協力して上を守り立てる方が、儂らの評価は高くなる故、そのつもりでの」

「…………」

それって、三人の運命が、俺の成績次第で決まりかねない、ってことだろ？

『いや、ふざけんな！　なんでそんな仕組みにしたんだよ！』

そんな言葉と共に、決めた奴を問い詰めたくて仕方がない。

いや、まぁ、教官の言葉から推測すると、『互いに協力する能力を高めるために』ってことなんだろうが。

プレッシャーというか、重圧というか……

（大丈夫ですよ。アルト様は優秀ですから）

（……だといいんだけどな）

動揺しすぎて、リリに筒抜けなのを忘れていた……

（それに、私やフィオランさんは、アルト様に素質を見つけてもらえたから、ここに入れたんです。もし下のランクになったとしても、気にしませんよ。帝都の訓練校に入れただけでも奇跡ですから）

（……いや、しかしな）

（頑張りすぎないのがいいんですよね？　気負わずにゆるゆるでいいと思いますよ）

……ゆるゆる、か。

（上に行けば、いっぱいお金がもらえますが、厳しいお仕事が回ってきます。下の方なら、お金は少ないですが、お仕事は厳しくないです。なので、どちらでもドンと来いです！）

（……そうか、それもそうだな）

俺は今の生活で満足してるし、頑張りすぎてリリたちを危険な目に遭わせるのは違うからな。

無理をする必要なんてどこにもないのか。

（気負わず、ゆるゆる。そうしてみるよ）

マルリアだけは、どう思っているのかは気になるけどな。

「早速じゃが、クラス分けの試験を始める！　更衣室でそれぞれ体操服に着替えて、第二訓練所に集合じゃ。来た者から試験を始めるぞ」

聞こえてきた大声に視線を上げる。

楽しそうにニヤリと笑う教官の顔が、正面に見えていた。

☆★☆★☆

【リリ視点】

男女で分かれて更衣室に入った私は、並べられたいくつもの体操服を前に、呆然と立ち尽くしていた。

長袖や半袖、七分袖に、長ズボン、半ズボン、ハーフパンツ。

「自分がこれだと思うものを選びなさい！　武器が必要な者も、そちらにある箱や棚から好きに選んでいいわ！」

女性の教官が声を張り上げているけど、並べられた武器や服の量が尋常じゃない。

「多すぎでしょ、これ……」

誰かがポツリとこぼした声に、みんなが一斉に頷いた。

二百着は入っていそうな箱が、四十個くらい。木で作られた武器も、数えられないほど並べられている。

「新品ばかりだから、ハズレはないわ。だけど、当たりと呼べるものも入れてある。これだと思うものを選びなさい！」

どうやら、そういう試験らしい。

私と同じように戸惑っていた同級生たちが、我先にと走っていく。

「退《ど》きなさい！　それは私のよ!!」

「何を！　私が先に掴んだわよ!!」

わぁあああ、と群がって、早くも取り合いのような状態になっていた。

「先に行くわ。二人とも、遅れるんじゃないわよ？」

隣にいたマルリアさんが私とフィオランさんに声をかけ、人混みの中に入っていく。

物《もの》怖《お》じしない彼女が羨ましいな。

そう思いながら、私は改めて周囲に目を向けた。

「この文字が刻んである木刀！　よく分かんないけど、これにする！」

「重心の位置、長さ、共に異常なし……けど、他のものも見るべき」

「ぜんぜん、分かんないよぉ」

武器を選びに向かった子が八割で、残りは服を選んでいる。木刀や木で作った短剣、弓などが人気みたいだった。

「お姉さんは、弓を見てこようかな、って思うんだけど、リリちゃんは？」

「えっと、私は……」

改めて武器の棚がある方を見るけど、今となっては、同級生の背中が見えるだけ。棚の端すら見えそうもない。

クラス分けの試験が、どんな内容なのかは分からない。だけど、強い武器を持っていた方が、有利なのは間違いなさそう。服は自分の身を守るもの。武器なら、アルト様やマルリアさんたちの手助けもできる。

そうは思うけど……

「ごめんなさい。私は、体操服を見に行きます……」

群がる人の波を押し退けるように入っていけるとは、到底思えなかった。

「分かったわ。それじゃあ、選び終わったら合流しましょう」

「分かりました！」

気丈に笑ってみせたけど、正直不安しかない。

人混みの中に入っていくフィオランさんの背中を見ていると、不安がもっと大きくなる。マルリアさんのサイドテールがちらりとだけ見えたけど、今は、木刀を取り合う人たちの先頭にいるみたい。

そんな二人に対して、取り残されたのは私だけ。他のみんなも真剣に、服か武器を選んでる。

「私も、頑張らないと……」

アルト様に迷惑をかけないように。足手まといにならないように。ほんの少しでも、恩返しができるように！

「もう落ちこぼれじゃない、って証明しなきゃだもんね！」

そう自分に言い聞かせながら、誰も見ていない箱に近付いて、中を覗き込む。

服の色や形は本当に様々で、怪しい文字がびっしりとプリントされているものもある。一応、一枚ずつ手にとって見たけど、良い悪いの違いなんて分かりそうもなかった。

「あっ、これ、かわいい！」

普通の人間《ヒューマン》向けの服だけど、尻尾を外に出せるように加工したら着られそう！

……でも、試験向きのいいものを選ばなきゃだもんね。

「いいもの、いいもの……」

声に出しながら探してみたものの、やっぱり違いなんて分からない。

はぁ、と溜め息が漏れて、視線が落ちていく。

「私も、アルト様みたいに万能だったらな……」

ナイフ一本で魔物を制圧したり、殺し屋と互角以上に戦えたり、隠密行動ができたり。つい最近、発動中の魔法陣を破壊するなんて、信じられないことまでできることが分かったし。

本当になんでもできるイメージがあるけど、『俺が得意なのは鑑定だけだよ』って本人が言っていた。

「でも、本当にそうなのかも。アルト様の力って、みんな鑑定を元に、って感じだもんね……」

その鑑定が異常なんだけど、それは横に置いておくとして。

私がアルト様のマネをするとしたら、支援魔法、ってことになるのかな？

たとえば、ものの善し悪しを見極めるのを支援する。支援魔法で鑑定をするような……

「自分の目に力を付与したら、何か見えたりしないかな？」

そう思って魔力を回してみた。でも、練習もしていないのに、そんなことできるはずもない。

思い付いてやってみたらできちゃった、なんて、おとぎ話か、アルト様くらい。

目の方に流そうとしていた魔力が、私の制御を離れて、周囲に漏れ出していく。

「……やっぱり私じゃダメなのかな」

自然とそんな言葉が漏れた。

『リリには、支援魔法の才能があるよ』

アルト様はそう言ってくれたけど、才能があっても私なんかじゃ……そう思ってしまう。

物心ついた時から落ちこぼれで、努力することも苦手だった。努力してもみんなに追い付けない。

私なんかじゃ……いつもそう思っていた。

『大丈夫。無理をしてもいいことないからね。無理はせず、できる範囲で大丈夫だよ』

そうアルト様は頻繁に口にするけど。

「アルト様が、誰よりも、ずっと努力しているんですよね」

お休み万歳！　と言いながら、時間が空けば鑑定の訓練。

帝国はゆっくりできる時間をくれる！　幸せだ！　と言いながら、魔力操作の訓練。

「落ちこぼれの私は、アルト様よりも努力をしないとダメですよね」

努力すら楽しさに変えてしまう、そんな人。

休日のアルト様の姿を思い出すと、何故か笑みがこぼれてしまう。

「本当に、矛盾だらけです」

そう思いながら、またクスッと笑った。

と、その時。

「えっ……？」

周囲に漏れていた魔力が、隣の箱に入っていた一着の服に吸い込まれているのに気が付いた。

「危険な感じは、しませんよね……？」

小さく呟きながら、魔力を吸い込んだ体操服をじっと見つめる。

誰かに問いかけたわけじゃないから答えは返ってこないけど、たぶん、大丈夫。嫌な感じはしないし、先生たちも危険なものを入れたりなんてしないはず。

恐る恐る体操服に手を伸ばす。

「ひゃっ――⁉」

触れた瞬間に何かが手の中に入ってきて、慌てて手を引っ込めた。

手を開いて、閉じて、また開いて。

「……温かい？」

不思議な感覚だったけど、痛いわけじゃなくて、苦しくもない。むしろ、心地いい感じ？

「あの、大丈夫ですか……？」

「はっ、はい！　すみません」

声がした方に慌てて体を向けて、深く頭を下げる。

隣のカゴを覗いていた同級生が、私のことを心配してくれたみたい。

えっと、えっと。何か、言い訳を――

「ちょっとだけ体のバランスを崩して、転びそうになっちゃいました。大声を出してしまって、ごめんなさい」

「いえいえ、いいんですよ。怪我がないようでよかったです」

彼女はほっとしたような表情を浮かべ、優しそうに笑いかけてくれる。周囲にいて手を止めた人たちも、な～んだ、と自分の前にある箱の中に目を向けていた。

みんな、私の嘘を信じてくれたみたい。

（ちょっとだけ罪悪感があるけど、仕方ないよね？）

誰に言い訳するでもなく心の中で呟いて、ほっと胸をなで下ろす。

――取り合いにならなくて良かった。

そう思いながら、改めて、体操服に手を伸ばす。

「当たり、ですよね？」

小さな声でそう問いかけた。服から返事が来ることはもちろんない。

その代わりにってことで、手のひらを服にくっつけて魔力を流してみる。

「……あれ？」

魔力が通らない？　さっきは、勝手に吸い込んだのに？

「えっと……もう一回」

体操服を両手で優しく持ち上げて、ゆっくりと目を閉じる。

お腹の中にある魔力を肩に流して、肘を通して、手のひらから、服の中に。さっきよりも魔力の糸を細くして、入りやすいように。

これならどう？

……やはり、魔力が入っていかない。

「どうしてだろ？」

さっきは意識しなくても、吸い込んでくれたのに。

「気のせいだった？」

ううん。そんなことはないと思う。

アルト様と一緒に訓練をして、魔力の感覚だけは間違えないようになった。

マルリアさんが連れ去られかけた時のあの魔法陣を見てからは、その感覚がより鮮明になっている。

「だとしたら、なんで……？」

さっきと何が違うの？

目の前にあるこの服は、先生たちが用意してくれた、当たりの服なんだと思う。そうじゃなきゃ、魔力を吸収なんてしない。

確証はないけど、何か、特殊な力がある服のはず。

「お願い。キミの力を私に見せてくれないかな？」

そんな思いを胸に魔力を操作するけど、やっぱり入らない。

どうしてだろう？　やっぱり、私が落ちこぼれだから？

「……ううん。違う。アルト様が、違うって言ってくれた」

だから、私を最初の部下にしてくれて、支援魔法を教えてくれた。

私はアルト様の一番弟子。支援魔法に関しては、Sランク。最強になれる、ってアルト様が……

「支援魔法？」

あの時って、目だけに支援魔法を集めようとしてたよね？

「もしかしたら！」

ごっくんと息を呑んで、手の中にある体操服をじっと見つめる。

「お願いします……」

魔力を自分の中で回して、支援魔法を発動させる。

それをそのまま、体操服に……

「……入った」

私の支援魔法が、体操服の中に。

ううん。違うかな。入ったんじゃなくて、体操服を支援したって感じだと思う。

「うん。やっぱり、この子だけだよね？」

念のため、って思って、他の服にも試してみたけど、支援できるのはこの服だけ。

どんな効果があるのかは分からないけど、決めた！

「これにする」

改めてハーフパンツの方を見たけど、伸び縮みする素材だから、尻尾用の穴を開けるのも簡単そう。

いつも持ち歩いている道具だけで、改造できそうだ。

体操服を抱き締めて、更衣室の奥に目を向ける。

「お決まりになりましたか？」

「わっ……！」

不意に聞こえた声に振り向くと、メイド服を着た女性が背後に立っていた。

いつの間に⁉　と思っていると、彼女の手が体操服に伸びてくる。

「あなた様に合わせて、服を調整させていただきます。武器はそちらの杖をお使いになりますか？」

「え……ぁっ、えっと……いいんですか？」

「念のために確認させていただきます。杖をこちらへ」

「はっ、はい」

すっごくびっくりしたけど、素直に自分の杖を手渡した。

彼女の手が杖にかざされて、静かに目を閉じる。

「……」

えっと？　いったい何を？

「…………」

「あのー……？」

「申し訳ありません。鑑定が済むまでもうしばらくお待ちいただけますでしょうか？」

「あっ、鑑定ですか。話しかけちゃって、ごめんなさい」

「いえ。お気になさらずに」

そうですよね。普通は、そのくらい時間がかかりますよね。

『非常識です！　おかしいです！』

アルト様に私もよく言っていましたが、どうやら私はアルト様の鑑定に慣れてしまっていたみたいです。

「お待たせいたしました。こちらの武器の使用を許可させていただきます。採寸いたしますので、こちらへ」

「はい。よろしくお願いします」

反省しなきゃ。そう思いながら、メイドさんの後ろに続いて歩いていった。


更衣室の中に教官はいないらしくて、すごく広い空間に私一人だけ。

「一番のり、なのかな……？」

他に人はいないから、たぶんそうなんだと思う。

あのメイドさんに聞いたんだけど、たくさん並んだロッカーは、どれでも自由に使っていいらしい。

さすがに、ロッカーに当たり外れはないと思うけど、せっかくだからよさそうな場所を選ばせてもらおうと思う。

「好きに選べるなんて。もしかしたら、初めてかも……？」

夕飯も、おやつも、寝る場所も。落ちこぼれだった私は、いつも一番下のランクだった。だから、選ぶような感じじゃなかった。

決して不満があったわけじゃない。安全に眠れる場所と、食べるものがもらえただけで、本当に幸せだった。

「でも、これも、幸せなのかな？」

どっちが上とか下とかじゃなく、別の幸せ。

高揚感？　達成感？　優越感？

どれにも当てはまらない、不思議な幸せが胸の中にある気がする。

「たぶん、自分の力を使って、認めてもらえたからかな？」

本当にたまたまだったけど、支援魔法を受け入れてくれる体操服を見つけることができた。しかも、一番初めに。

『たとえ偶然だとしても、全て含めて、あなた様の実力ですよ』

ここまで案内してくれたメイドさんはそう言ってくれた。本当にそうなら嬉しく思う。

ちなみにだけど、あのメイドさんも、短時間でいいものを見つけた人だけの特権らしい。そう聞いた時は、なんだか自分が本当に実力のある人間になったみたいで嬉しかった。

「誉められるのって、やっぱり嬉しいよね」

私の心の中にある感情は、たぶん、そういうことなんだと思う。

「もっと頑張らないと！」

そんな感情が、不思議と湧き上がってくる。

落ちこぼれだった私に支援魔法をくれたのはアルト様で、私を最初に認めて誉めてくれたのもアルト様。この感情は、全部アルト様がくれたもの。

「やっぱり、アルト様はすごいですね！」

そう思いながら、自分で選んだ新しい体操服に袖を通していく。

「うん。これで大丈夫かな」

動きを妨《さまた》げるような感覚はどこにもなくて、外に出した尻尾にも違和感はない。

お尻を鏡に向けて確認してみる……うん、やっぱりいい感じに仕上がってる。

「さすがは本職の方ですね」

自分で開ける予定だった尻尾の穴は、あのメイドさんが開けてくれた。

私じゃ到底敵《かな》わない速さで穴を開けた上で、服全体を私が動きやすいように整えてくれたみたい。

「みんなすごいなぁ」

備え付けてあった大きな鏡で全身を確認してみたけど、やっぱりかなわないと思う。

メイドさんやアルト様だけじゃない。フィオランさんの弓や、マルリアさんのロープ術。マイロくんの魔力操作の精度も、日に日に上達していると思う。

「私は、支援魔法と杖術……」

アルト様の言いつけを守って、頑張りすぎないように訓練してるけど……

「このままでいいのかな？」

どうしてもそんな思いが浮かんでしまう。

私が一番最初に見つけてもらったのに、みんなの方が強くて、アルト様のお役に立てている。それに、みんな私より可愛い。

「せめて、置いていかれないようにしないと」

下を向いてしまいそうな気持ちに蓋をして、ぎゅっと両手を握り締める。

アルト様に買ってもらった長い杖を手に鏡を見て、小さく頷いた。

「やっぱり、もうちょっと頑張らないとダメだよね！」

そのためにも、まずはこのクラス分けの試験を頑張る！

そう気合いを入れたはいいものの……

「……えっと。この後は、どうしたら……？」

着替えも準備も終わったのに、まだ誰も来ない。

フィオランさんと合流するのって、ここでいいのかな？　それとも訓練所で待っていた方がいい？

「……えっと、先に行っちゃいますよ？」

みんながいる方を向いて言葉にしてみたけど、それがいいかもしれない。

もしこのままフィオランさんたちを待っていたら、たぶんだけど、変に目立ってしまう。

それに、いいものを選ぶ試験なら、アルト様の得意分野。先に訓練所に行って、私たちを待っていると思う。

マイロくんも一緒ならいいけど、もし一人だけだったら危ないよね。

「誰かが側にいてあげなきゃ、どんな問題を起こすか分かんないし」

ああ見えて、抜けてる部分も多いから、私が行ってあげないと。

そう思いながら、更衣室の奥に続く廊下を訓練所に向かって駆けていく。

「廊下を走れるなんて、本当に実力者になれたみたい」

小さい頃は先生たちに『廊下は走らない！　走ってもいいのは、ぶつかりそうになっても避けられる強い人だけよ！』って言われたっけ。

「強い人を目指しているんだから、いいですよね？」

自信を持つ！　まずは、形から入るのも大切よ！　そう教えてくれたのも、先生だから。

そうして、走りだした廊下の途中。

「ほぉ。おなごの一位通過はおぬしか。ようやったの」

優しく目を細めたルルベール教官が、迎えてくれた。

手元のノートに何かを書き込んで、ちらりと私の方に視線を向ける。

「リリ訓練生じゃったな？　次は一対一の練習試合。相手は、……マルリア訓練生がええかのぉ」

ルルベール教官はそう言って、ニヤリと笑った。

☆★☆★☆

【マルリア視点】


女子一位で通過したリリから遅れること、十五分。

「はぁ、はぁ、はぁ……出遅れた、みたいね……」

サイズの合わない体操服を身に着けた私は、肩で大きく息をしながら、訓練所を見渡していた。

至るところで試合形式の試験が始まっていて、端の方では悔しそうな表情を浮かべた同級生たちが座り込んでいる。

大きな文字が書かれた看板は三つ。

『敗者の間』『待機場所』『勝者の間』

「わざわざ、そんな看板まで立てなくてもいいでしょうに……」

勝者の間には、椅子やテーブル、お菓子なんかも置いてあって、そこにはアルトの姿もあった。

呑気に手なんか振ってくるけど、たぶん、そういうこと。

「ほんと、出鱈目《でたらめ》よね……」

自分は鑑定しかできない落ちこぼれだから。とかなんとかいつも言ってるけど、一対一でも普通に勝つんだもの。

あいつの力を見る限りだけど、到着したのも普通に一番よね。

練習試合の対戦者に指名されたリリは、先に訓練所で待っているって言うし。

「あの変態も先に戦ってるじゃない……」

変態——フィオランの対戦相手は、保護施設でずっと私の前を走っていた、あのサーラだ。

筋肉の集団に囲まれた女性の姿もあるし、アルトが仲良くなった魔法使いと盾使いの姿もある。

つまり、知り合いの中じゃ、私が一番最後。

「違うわよ。私は、負けてない……」

押し寄せてくる悔しさと一緒に、『やっぱり、勝てないんだ』なんて思ってしまった自分に腹が立ってしまう。

私は、ずっと一番になりたかった。

飲んだくれて暴力を振るう親に捨てられて、頼れるのは自分だけ。そう思って生きてきた私は、弟のためにも、誰よりも強い姉でいないといけない。

私が弟を幸せにする。だから、私は――


「すげー！　あの女。何本連続で撃てるんだよ！　早すぎだろ‼」

そんな声にハッと顔を上げると、フィオランとサーラの戦いが、激しさを増していた。

赤いポニーテールを揺らしながら剣で守るサーラに向けて、フィオランが走りながら矢を撃ち込む。

一本目を剣で弾いて、出しかけた足を止めて二本目を弾く。

「……じゃま」

フィオランは、隣で戦っていた見知らぬ二人を盾にするよう動いていた。

「お姉さん、意外に強い。でも、勝つのはわたし」

「‼」

その言葉をきっかけに、フィオランは何故かぴくりと動きを止めて呆然と立ち尽くした。そして、ただでさえ大きな目をさらに大きく見開く。

「いま、お姉さんのことを、お姉さんって……！」

指先がぷるぷると震えていて、信じられないものでも見たような表情を浮かべている。その表情が怖かったのか、サーラも警戒心を滲ませて、足を止めていた。

「ん……それが、何？」

「お姉さんは。生まれて初めて、お姉さんって、呼ばれて……すっごく、嬉しい……」

え？　何？　あいつ泣いてんの⁉　クラス分けの試合中なんだけど⁉

「この戦い、負けられませんね！　お姉さんとして！」

なんか、変なスイッチが入ったみたい。

急に動きだした変態……もとい、フィオランが目の前で戦う人々の隙間を縫《ぬ》って、矢を撃ち込んでいく。

「おい、まじかよ！」

「あの隙間を通せるのか！」

「……ん。やっぱり強い。でも勝つのはわたし」

「お願いします！　もう一回、お姉さんのことをお姉さんって呼んで！」

「……わたしに勝てたら」

「これは、全身全霊で勝つしかありませんね！　秘技！　二本撃ち！」

さらに気合いが入ったみたいだった。

理由はどうあれ、彼女はサーラと互角に戦っているように見える。

私がずっと勝てなかった、あのサーラと……

「冒険者をクビになりそうな落ちこぼれだったなんて、絶対嘘じゃない……」

小さく呟いてみたけど、悔しいからそう言っただけ。

彼女も、保護施設で落ちこぼれだったリリと同じ。アルトに本当の力を見つけてもらって、強くなって、今じゃ、たぶん私よりも……

「マルリアさん？　あの、えっと、試合なんですが……」

ハッと振り向いた先に見えたのは、可愛い体操服を着たリリの姿。

武器は使い慣れた杖。大きすぎる服しか選べなかった私と違って、普通に動きやすそうな服。

施設にいた時は、私の方がずっと上だったのに。どうして……

「待たせてしまって、悪かったわね……」

「いえ、私も今来たところですから」

そんなはずない。だけど、それを指摘しても自分が虚しくなるだけ。

「それで？　どこでやるの？」

「えっと。アルト様が見やすい場所がいいかな、って思うんですが……」

「……そうね。それでいいわ」

きっと、強くなった私を見てください、ってことなんだと思う。

私もあいつの実力を見てるから、その気持ちも分かんなくはない。それに、アルトの側にはマイロがいる。

「絶対に勝つから」

私には、勝たなきゃダメな理由がある。

「私も負けません！」

長い杖を握り締める姿も可愛いとか、やっぱり反則よね。

そんなことを思いながら、『勝者の間』の近くへ。

私たちの方に顔を向けるアルトとマイロを横目に見ながら、縛った髪を整える。

「〈スピードアップ〉を起動します」

杖を胸の前で握りながら、そう声に出したリリを前に、ふうー……と心を静めていく。

弟にもらったお守り《ヘアゴム》はある。

幼く見える髪型はあんまり好きじゃないけど、マイロが嬉しそうな顔をするからこれでいい。

「行くわよ？」

「はい！　お願いします！」

がま口のポシェットからロープと木でできたナイフを取り出して、ギュッと地面を踏みしめた。

剣で戦っても、長距離を走っても、筋肉を増やすトレーニングでも。その全てで彼女は、最下位だった。

『彼女は出来損ないです！　何故彼女を優遇するのですか⁉』

だから私はかつて、本気でそう言った。

もちろん『なんで私じゃないのよ！』って気持ちもあった。それ以上に『なんで、ずっと前を走ってるサーラじゃないのよ！』とも思った。

リリをイジメようだとか、嫌いだとか、そんな感情はなかったと思う。

私には、彼女のことが普通に可愛い同級生にしか見えていなかった。だから、自分の実力に合わない地位で、苦しんでほしくなかった。背伸びをさせられて、苦しんでほしくなかった――私の親《あのひとたち》のように。

『今の環境が彼女には合っていない、それが理由かな』

だから、アイツのその言葉が、最初は理解できなかったし、彼女を苦しめるだけだと本気で思っていた。

私の知る限りだけど、リリに養うべき相手はいない。弟も妹もいない。だったら、頑張らなくてもいいでしょ？

頑張るなんて、ただ辛いだけ。辛い思いをしなくても生きていけるのなら、そっちの方が幸せでしょ？　ずっと最下位でも、彼女が楽しそうであれば、頑張らなくてもいいでしょ？　そう思っていた。

だけど、違ってたみたい。

彼女は、アルト准尉の右腕になった今でも、ずっと楽しそうにしている。努力を本当に楽しいと思っている。アイツから向けられる信頼を心地いいと思っている。のしかかるプレッシャーよりも、自分が強くなることを純粋に楽しんでいる。だから彼女が選ばれたんだと、今は思う。

上司《アイツ》の目の前で実力を披露して、審査される舞台なのに、楽しそうに笑っているから。

努力が辛いと思う私とは違うから……

「——でも。私は、負けられないのよ！」

私が頑張って、マイロを幸せにする。生まれつき体が弱い、弟を！

そのためなら、どんな努力でも、どんなに辛いことも頑張れる！

そんな思いを込めて、長いロープをリリの頭上に放り投げた。

「えっ……？」

戸惑っている彼女の表情を確認しながら、そのまま懐に飛び込んでいく。

落ちてくるロープと近付く私を警戒したのか、彼女が大きく後ろに飛び退くのが見えた。

「狙い通り！」

彼女目掛けて、ポシェットの中にあった二本目のロープを投げ込む。

落ちてきた一本目のロープを掴んで、それも彼女に向けて投げた。

上下に分けて投げたロープを目隠しに、リリの背後に回り込む。

「これで終わりよ‼」

「——‼」

ポシェットに入っているもの全てを使う私の大技。サーラに勝ちたくて編み出したのに、通用しなかった技。

——でも、リリなら！

そんな思いを胸に、だぼだぼの裾に気を取られながら、木でできたナイフの先端をリリの背中に向ける。

勝った！　このまま、刺せる！

だけど、次の瞬間。

「させません！」

彼女がくるりと振り向いて、縦向きにした杖を木のナイフに押し当ててガードした。

ここまで完璧に反応できるなんて……

でも、まだ想定内！

「っ――!!」

木のナイフから手を離して、相手の杖を両手で掴まえる。

彼女が動けないように、力強く握り締める。

最初から、投げた二本のロープが本命。このまま押さえつけて、どっちかだけでもリリに絡めば、有利に戦える！

「機動力を奪われなさい！」

……だけど、私はまた彼女に驚かされた。

「……え？」

消えた!?　目の前にあった彼女の姿が、どこにもない。

見えるのは、飛んでくる二本のロープと、杖だけ。

「どこに⁉」

すると、頭上に影が差した。

「上⁉」

見上げた先にあったのは、杖の先端を握り締めて、棒高跳びをしているかのような彼女の姿。

私を飛び越えたの⁉

そう気付くより早く、握り締めていた杖が、強い力に引っ張られて、私の手から離れていく。

単純な力だけじゃない。杖術と支援魔法が合わさった、今のリリの全力……

「そこです！」

大きく回された杖が、流れるように、私の胴に迫ってくる。

回避しようと思っても、自分で投げたロープが邪魔。それに、ぶかぶかの体操服も、私の邪魔をして……ううん。違う。万全の状態だったとしても、回避できないと思う。

服が悪いわけじゃない。私が弱かっただけ。

「だったら！」

より被害が少ない方に逃げる。今はそれしかない。

そんな思いで大きく前に飛んで、迫りくる杖を回避する。

飛んでくるロープを左手に巻き付かせて、地面を転がった。

「――っ！　……はぁ、はぁ、はぁ」

慌てて立ち上がり振り向く。リリは杖を構えるだけで、迫っては来ない。

左手に巻き付いたロープの先端が彼女の足下に落ちているんだけど、掴んで引っ張ろうとする素振りもなかった。

手を抜いているの？　一瞬だけそう思ったけど、違うみたい。

正面から切り抜けた自分の実力に驚いているのか。ロープに引っかかった動きも罠で、まだ何かあると思っているのか。たぶん、そのどちらか。

でも今はそんなことよりも……

「速すぎるでしょ……」

「……え？」

「気にしなくていいわ。こっちの話よ」

保護施設にいた時とは、比べものにならないくらい彼女の動きが速い。

間違いなくアルト准尉に見出された支援魔法の――私にはない才能の力だと思う。

『リリの支援魔法』『フィオランの弓術』『マイロの魔法を壊す力』

アイツには、人の才能を見抜く力があって、優秀な者を育てようとしている。部下になってまだ日が浅いけど、そのくらいなら、なんとなく分かった。

その力で選ばれたのがリリとフィオランで、私はマイロのおまけでしかない。

それに、心のどこかで分かってた。私は一番にはなれないんだって。どれだけ頑張っても、二番以下なんだって。

努力を辛いと思う時点で、才能はないんだって……それでも。

「私は、認められなくちゃダメなの！」

幸せにするって誓った、たった一人の家族のために！

「――それは、私も同じです！」

不意に彼女らしくない大きな声が聞こえて、一直線に駆け出すのが見えた。

聞こえてきた声に、思わず目を見開く。

「〈スピードアップ〉を起動します！」

スピードアップは、最初に使っていたはず！　でも、確かにまた速くなったように見える。

「重ねがけ⁉」

『同じ魔法を二回かけても、効果はないみたいです』

リリはそう言ってたはずだけど、間違いようがないほど、彼女の動きが速くなった。

まさか、こんな時のために隠してたの⁉　一瞬だけそう思ったけど、彼女の性格なら、それはないと思う。

あるとすれば、このタイミングでできるようになったってことくらい。

「くっ！」

ALPHAPOLIS
WEB CITY
SINCE 2000
ALPHAPOLIS
アルファポリス
アルファポリスの人気作
既刊5巻

召喚・トリップ系

こっちの都合なんてお構いなし!?
突然見知らぬ世界に呼び出された
主人公たちが悪戦苦闘しつつも
成長していく作品。

いずれ最強の錬金術師？

小狐丸

既刊10巻

異世界召喚に巻き込まれたタクミ。不憫すぎる…と女神から生産系スキルをもらえることに!!地味な生産職を希望したのに付与されたのは、凄い可能性を秘めた最強(?)の錬金術スキルだった!!

最強の職業は勇者でも賢者でもなく鑑定士（仮）らしいですよ？

あてきち

異世界に召喚されたヒビキに与えられた力は「鑑定」。戦闘には向かないスキルだが、冒険を続ける内にこのスキルの真の価値を知る…!

装備製作系チートで異世界を自由に生きていきます

tera

異世界召喚に巻き込まれたトウジ。ゲームスキルをフル活用して、かわいいモンスター達と気ままに生産暮らし!?

既刊8巻

ふと異世界で
フを目指します！

エル

神様に加護２人分貰いました

琳太

便利スキルのおかげで、見知らぬ異世界の旅も楽勝!?２人分の特
って召喚された
険！

支援魔法を手に入れた彼女は、本当に水を得た魚ね。

杖が大きく振り上げられて、真っすぐに振り下ろされる姿が見える。

どう考えても避けきれない。

足を止めることになるものの、ナイフを当てて杖の軌道を逸らすしかない。

「〈パワーアップ〉を起動します！」

「……えっ？」

当てたはずのナイフが、弾き飛ばされた？

手首が痺れて、腕が上がらない。

杖の先端が向かってくる。

「チェックメイトです」

「……そう、ね。私の負けね」

杖の先端が、無防備な私の喉に優しく触れていた。

☆★☆★☆

「すいません。僕、見てきます」

「あぁ、よろしくね」

リリに負けて放心状態のマルリアのもとに、マイロくんが駆けていく。

俺も彼女の様子が気にはなるが、気心が知れた弟くんに任せた方が、どう考えてもいいだろう。

それにしても、初めて会った時、最後尾を周回遅れで走っていたリリが勝ったか。ほっとしたような。マルリアの気持ちを思うと、純粋に喜んでもいられないような。

「あの時の約束が、果たされたみたいだね」

「ルドルフ少佐」

いつの間に、俺の背後に？　というか、わき腹に向けられているナイフと殺気は何だ？

「下手に動かないことだ。騒げば刺す」

「……冗談、ですよね？」

そう声に出してみたが、返答はない。

なんだ？　何が起きている？

俺を殺しても、ルドルフ少佐にメリットはないはずだ。しかも、周囲に大勢の目があるこの状況下では、百害あって一利なし。少佐の目的はなんだ？

「……本当に気が付いていなかったみたいだね。驚かせて悪かったよ」

不意に殺気が消え、向けられていたナイフが懐に仕舞われる。

感じていた死の気配が遠ざかり、全身から冷や汗が流れ出ていた。

「どういうことですか？」

「これも試験の一環……というわけではないんだけどね。ここ数日、キミがあまりにも無防備に見えたから、試させてもらったんだ」

試す？　つまり、刺す気はなかったってことか……

本当に殺すつもりなら、声をかけずに刺していただろう。そもそもの話だが、ナイフを使うよりも毒を使った方が確実だからな。

「抜き打ちの試験は、不合格ですか」

「そうだね。初めて会った時の方が、手強《てごわ》そうに見えたよ」

「……」

確証はないが、以前と違って今は鑑定魔法で周囲を見ていないことを言っているのだろう。

鑑定を察知できる者がいると知ってから、周囲の警戒が疎《おろそ》かになっているのは確かだ。

「だけど、ひとまずは忘れることにするよ。キミも色々と試しているみたいだからね。今の試験は、激励だと思ってくれると嬉しいよ」

「……分かりました。肝に銘《めい》じておきます」

今回は相手が少佐だったから良かったが、暗殺者なら死んでいた。

黒い布の鑑定を優先すると決めはしたが、隠蔽の方も、早急に手を打たなくてはな……

そう思っていると、不意にルドルフ少佐が小さく笑った。

「忙しくてうやむやになっていたキミの試験だが。『普通の試験じゃ見られそうにないキミの実力』は、確かに見させてもらったよ」

少佐の視線の先に目を向ける。見えたのは、嬉しそうに駆けてくるリリの姿。その後ろには、マイロくんに付き添われたマルリアの姿もあった。

勝ったリリはいいのだが、惜しくも負けてしまったマルリアとフィオランには、なんて声をかければいいのか……

そう思っていると、ルドルフ少佐がリリを呼び寄せて、封筒らしきものを手渡していた。

「強くなったね。これはそのご褒美だよ」

「あっ、ありがとうございます！」

リリは少佐に深く頭を下げたあと、封筒を抱き締めながら、俺の顔を見上げる。

（次は、彼女を導くのかな？　期待しているよ）

ルドルフ少佐はマルリアを流し見たあと、笑みを浮かべながら俺だけに聞こえるように呟いた。

☆★☆★☆

【マルリア視点】

「姉さん、ちょっと話がしたいんだけど。いいかな？」

マイロの声に顔を上げた私は、落ちていく気持ちに蓋をして、周囲を見渡した。

「何よ？　ここじゃできない話？」

「ん～、できなくはないけど、たまには二人で話がしたいな、って思って」

弟に誘われて、二人で訓練所を抜け出す。

遅くに試験を始めた人や、長引いている組み合わせなんかは、まだ試験中だけど……

『今日はこれで終わりです。クラス分けの結果や、受ける授業の内容などは端末にお知らせしますから、戻ってこなくても問題ないですよ』

アルトの側にいたルドルフ少佐がそう言って許可をくれた。

心配そうな顔でこっちを見るアルトを『勝者の間』に残して、訓練所の端をマイロに続いて歩いていく。

しきりに遠くに目を向けるマイロは、同級生たちの試合が気になるみたい。

「姉さんたちもだけど、やっぱりみんな強いよね」

「……当たり前でしょ？　帝都の訓練校に合格した実力者ばかりだもの」

「そうだよね。みんな、強いよね」

何が言いたいのか分からないけど、弱い者は入学試験の時に落とされているのだから、当たり前の話だ。

そんな中でさらにクラス分けするとか、気が休まる暇もなくて嫌になる。

何回ふるい落とせば気が済むのよ。必死にしがみつく、こっちの身にもなりなさいよね。

弱気なことを考えてたからなのか……

「姉さん、喉、大丈夫？」

マイロに言われて気付いた。いつの間にか、自分の喉に触れていたみたい。

リリに杖を向けられて負けを認めた喉に……

心配そうな顔をするマイロの髪に手を伸ばして、グシャグシャする。

「寸止めされたんだもの。大丈夫に決まってるでしょ」

「そっか」

心配そうな顔をするのも、ほっとした笑みを見せるのも、弟のくせに生意気だ。

それに、どう見ても、手加減する余裕がある綺麗な寸止めだったもの。ぐうの音も出ない、ってこういうことよね……

「それで？　どこ行くのよ？」

「ん～……もうちょっと先かな」

そう言って指し示した先にあったのは、見通しの悪い雑木林。

話がしたいって誘って、行き先が雑木林？

「女性の扱いが悪いとか、そんなレベルの話じゃないわよ？」

「えっと、なんの話？」

「将来苦労しそうよね。姉さんは心配よ」

ちょっと前までは、発作の心配ばかりだったのだけど、悩みは尽きないものよね。

そう思えるようになったのも、アイツのおかげというか、アイツのせいというか。

「それで？　まだ行くの？」

前も後ろも、右も左も、木々しか見えなくなって。

もうほんとに、どこまで行くの？　って感じ。

「もういいかな」

「えっ……？」

不意にマイロが走りだした。

まるで、私から逃げるように。木々の隙間に身を隠すように。

「ちょっと、どこ行くのよ⁉　待ちなさい！」

私の制止を聞かずに、マイロが木々の陰に消えていく。

慌てて走って追いかけて、木の後ろに回り込んで、周囲に視線を向ける。

……完璧に見失ったみたい。

「マイロー？　話をするんでしょー？」

返事はない。神経を研ぎ澄ましてみても、聞こえてくるのは、風に揺れる木の葉の音ばかり。

でも、遠くに行ったわけじゃないと思う。
なんとなく、近くにいる気配がする。隠れて私を見ているような視線も感じる。
それに、弱いけど、殺気も感じる。
「何をする気なのか知らないけど、怒らないから出てきなさい」
そう声をかけてみたけど、変化なし。
何がどうなっているの⁉　マイロが、私に殺気を向ける？
ダメ、目的が分からない。
「っ――‼」
パキッと枝が折れる音がして、慌てて振り向く。
見えたのは、ロープが巻き付けられた石と、その石に折られた枝。
――しまった！　罠！
ざわりと感じた背後の気配に、全身が危機を訴える。
だけど、振り返らない。その時間が命取りになる。
振り返りそうになる体を無理やり動かして、大きく前に跳んだ。
「えっ⁉」
背後から聞こえたのは、間違いなくマイロの声。
着地と同時にがま口のポシェットを肩から外して、振り向きながら振り回す。

向けられていた木のナイフを叩き落として、紐の部分をマイロの手首に巻き付けた。

「ちょっと！　大人しくしなさいよ！」

きつく縛って木の枝に吊り上げる。

抵抗しても無駄だと分かったのか、マイロの体から力が抜けた。

「不意打ちなら勝てると思ったんだけどね」

「……どういうつもり？」

向けていたのも木のナイフだから、本気じゃなかったんだとは思うけど、目的は？　姉をボコボコにしたかった？

もしかして、あれかしら？

「反抗期……？」

「いや、違うから。僕はもう大丈夫だよ、って言いたかったんだ」

「え？」

「アルトさんに病気の原因を見つけてもらって、事務の仕事で給料ももらえるようになったよね？だから、姉さんに勝って、僕はもう大丈夫だよ、って言いたくてさ。結局負けちゃったけどね」

マイロが笑った。その笑顔は、普段よりも楽しそうに見える。

リリやフィオラン、サーラたちと同じような笑み。

「姉さんの足でまといにはなりたくないんだ。僕のためじゃなくて、自分のやりたいことをしてほしい。僕はもう、大丈夫だから」

「……」

私のやりたいこと、か……

マイロなりの励ましなんだろうし、言いたいこともなんとなく伝わるけど。

「……生意気なのよ、弟のくせに」

ほんと、女性の扱いがなってないのよね。

やっぱり、早めに叩き込んでおかないと、将来苦労するわね、まったく……

「ほら、さっさと『敗者の間』に帰るわよ。あの変態を一人にしておくのも、可哀想でしょ？」

「……そうだね。戻ろっか」

私のやりたいこと。マイロのためじゃなくて、私がやりたいこと……

そんなことをぼんやりと思い浮かべながら、ゆっくりと歩く帰り道。

伝令

【Aランク】アルト、サーラ。【Bランク】リリ。【Cランク】フィオラン。【Dランク】マルリア。

上記の五名は、アルト、サーラの両名を中心に、警邏《けいら》部隊の授業に参加せよ。

詳細は、追って連絡する。

そんな連絡が、私の端末に届いていた。

4　王国の執務室

王国の首都にある会議室。この国の中心とも呼べるその場所に荒々しい声が響く。

「何!?　ロイドが帰ってこないだと!?」

「はっ！　『鑑定士を帝国より連れ戻す任務に赴いてから、連絡が取れない』と家の者から連絡が……」

「チッ！　しくじりおったか。発端となったアンメリザ男爵を呼び出せ！　関係者にも、情報の提供を要請せよ！」

「「畏まりました！」」

足早に部屋を出ていく側仕えの後ろ姿を見送った国王が、天井を仰ぎ見て、深い溜め息を吐き出した。

「ままならぬものよのぉ」

――国のトップであるはずが、どうにも思い通りにならないことが多すぎる。

――それもこれも、憎き帝国をあの女狐《めぎつね》が治めるようになってからだ。

「成り上がりの平民風情が……」

――由緒正しき王族である我を愚弄するなど、許されることではない！

国王は苛立ちを覚えながら、メイドや護衛を遠くに下がらせ、隣に座る男に目を向けた。

「宰相。そちの方に連絡は？」

「表からも裏からもありませぬな。よき成果は望めませぬが、帝国に潜り込ませた密偵に探らせますか？」

「そうだな。生死だけでも確認せよ」

宰相はゆっくり頷き、自分のこめかみをトントンと指先で叩いて合図を送る。

陰で待機していた者たちが、それを受けて音もなく動きだした。

――これで、何らかの情報は得られるはずだ。

はぁー……と大きく息を吐いた国王は、苛立ちを覆い隠すように目を閉じた。

「それにしても、にわかには信じられんな。ロイドには転移の魔法陣を持たせていたのであろう？」

「ええ。私もそう記憶しております」

突入時に一枚。帰路に一枚。ダメ押しとして、相手を捕らえるための魔道具も貸し与えていた。

万が一の失敗もありえず、帰れぬことなど余程の事態だ。

「そちはどう見る？」

「そうですな。帝国にこちらの動きがバレて捕らえられたか。もしくは、陛下に嫉妬した者が動いたか」

「やはりそうであるか」

魔道具を湯水のように使った今回の作戦は、ロイドの地位を引き上げるためのもの。

平民の鑑定士に会って話を付けるだけで子爵になれるという、特別に用意された簡単な任務だった。

誰かが足を引っ張るなどしない限り、失敗はありえない。だがそれは、周囲の貴族が、足を引っ張りたくなるような任務でもある。

「問題は、誰が邪魔をしたかじゃが……」

国王は思案する。心当たりが有りすぎて絞り込めそうもないのが、一番の問題だった。

ロイドの矢の腕を見込んで『次の将軍に』などと国王は考えていたが、それを面白く思わない無能は大勢いた。

「敵国の中央であれば、足を引っ張る者も追いかけられまいと思ったんじゃがな」

「出る杭は打ちたくなる。そんな馬鹿どもばかりです」

「その誰も彼もが、我が国を支える屋台骨なのが、情けない話じゃよ」

ただの馬鹿なら処刑すれば済むが、それもできないのが内情だった。

――それにしても、転移の魔法陣を使った襲撃と逃走を妨害する者か……

「どこの子飼いじゃ？　妨害魔法の腕前だけなら魔法使いの貴族家《ルマニサ》の当主と同等だと思うが？」

「ええ。もしこれが一人の力であれば、陛下の仰る通りかと。おそらくは、数十人の魔力をまとめることで転移を防いだのでしょう」

「なるほどの」

やはり、複数の家が協力してロイドを陥れたと見るのが自然だった。

その者が治める領地ならまだしも、敵国である帝国に数十人の魔法使いを送り込むのは不可能。

ましてや、妨害して捕らえた事実を隠し通せる家はないはずだ。

「もしくは、憎き帝国と手を組んだ者がいる可能性もありますが……」

「ふむ、可能性としてはな。じゃが、さすがにそれはないじゃろ」

国内で落ちぶれた者ならまだしも、力のある貴族が、帝国に寝返ることはまずない。

『人は平等。生まれに囚われず、実力に応じた地位を与える』、そんな言葉を掲げる国と手を取り合うなど、絶対にないと言い切れる。

国王はしばし考え、命令を下した。

「転移魔法の妨害工作に関わった魔法使いの特定を進めよ。国内の不穏分子を洗い出し、魔法使いは王家の軍に迎え入れる」

「畏まりました」

恭《うやうや》しく頭を下げる宰相の姿を見て、国王は心の中で溜め息を吐き出した。

正直な話、弓の腕を見込んでいたロイドを失ったのは痛かった。だが、それ以上に問題なのは、最近荒れ始めたアンメリザ男爵領だ。

「成功の褒美に、ロイドに与える予定だったんじゃがな……」

物流が滞り、税収は激減。治安の悪化に加えて、領民の流出があとを絶たない。そのテコ入れとして、アンメリザ男爵から土地を取り上げて、ロイドへの褒美にする予定だったのだが……

「失礼します。アンメリザ男爵殿がお見えになりました。お通ししてもよろしいでしょうか？」

「そうだな。入らせろ」

「畏まりました」

会議室の入口のドアがゆっくりと開く。その先には、問題児であるアンメリザ男爵が、貴族らしい優雅な態度で頭を下げていた。

「お呼びと伺い、参上しました」

自信に満ちた表情に、ふてぶてしいまでの態度。領地の混乱を謝罪する気など、まるでないように見える。

思わず頭を抱えたくなる気持ちをグッと抑え込み、国王はアンメリザ男爵を見下ろした。

「領地の方はどうじゃ？」

「滞りなく。本日、四人目の鑑定士を雇い入れましたので、更なる発展をお約束致します」

自信満々に笑ってみせた男爵の態度に、国王は思わず言葉が詰まった。

――鑑定士を四人に増やした。だから、領地が発展する？

「おぬし、アンメリザ男爵じゃよな？」

「へ……？　しっ、失礼しました！　アンメリザ・フル・シュバイテンザです」

「そうじゃよな」

ありえない発言に思わず国王が問いかけてしまったが、間違いなくこの男はアンメリザ本人だった。

本来ならば、領地を混乱させた謝罪から入るべきなのだが、それはひとまず置いておく。

――そんなことよりも、この男はなんと言った？

「鑑定士を四人にした？」

「もっ、申し訳ありません！　無能しか集まらず、ゆくゆくは減らす予定なのですが……」

アンメリザが、本当に申し訳なさそうな顔をする。

――余としては、少なすぎる数に驚いたのだが、男爵は逆に受け取ったわけか。

――どうにも、面倒事の匂いがするな。

「宰相」

「畏まりました。すぐにご用意致します」

宰相もなんらかの疑問を持ったようで、国王の合図にすぐに応えた。

呼び鈴で側仕えを呼び出して、小声で指示を与えていく。

国王は宰相の様子を横目に見ながら、背もたれに体を預けて、アンメリザを見下ろした。

「おぬし、帝国に密偵を送る許可を求めておったな？　目的は『鑑定を取り仕切っていた平民を連れ戻すこと』。相違ないか？」

「はい。間違いありません」

――じゃろうな。こちらで先に対処して、領地を取り上げる足掛かりにする。その予定だった案件じゃからな。

「して、ロイド――バスタルス家の当主が死んだ件は、知っておるか？」

「え……？」

アンメリザは目を大きく見開いて、ぽかんと口を開いた。一瞬だけ、嬉しそうに口元を緩めて、慌てて閉じる。

深く頭を下げて隠したが、やはりその口元は嬉しそうに歪んでいた。

「申し訳ありません。たった今知りました。かの者に冥福とバスタルス家に安寧《あんねい》を」

――心にもないことを。まぁいい。

驚きも、覆い隠した喜びも、どちらも本物だった。アンメリザ男爵は、何も知らない。そう思って良さそうだ。

ロイドの生死に関しても鎌をかけてみたが、これ以上の問答は無駄だろう。

国王はアンメリザに本題を話す。

「話を戻すが、その逃げ出した鑑定士とやらは、どんな人物じゃ？」

「路上育ちの平民です。鑑定士の地位を与えてやったにもかかわらず、逃げ出したクズでして……」

その人物がいなくなってから、男爵領の経営が傾いた。

おそらくは百人ほどいる鑑定士の取り纏めをしていた者で、かなりの実力者だったのだろう。だから、無理矢理にでも連れ戻そうとしている。

国王はそう思っていたのだが……

「その者がおった時、鑑定士は何人じゃった？」

「その者一人ですが？」

「……なるほどのぉ」

——どうやら、予想の十倍は面倒な事態のようじゃな。驚いた顔を見せる宰相など、初めて見るぞ。

「おぬしの領地に入るもの全てを、その者一人で鑑定していた。そうじゃな？」

「はっ、はい。その通りです」

にわかには信じられないが、アンメリザが嘘を吐く意味もない。

「失礼します。宰相様」

「うむ」

側仕えが戻ってきた。国王と宰相の要望通り、アンメリザ男爵領の資料を持ってきたのだ。

宰相は慌てて数字を照らし合わせ、はぁ……と大きく溜め息を吐いた。

「最低でも五十人。普通であれば、百人は必要かと」

「じゃろうな」

国王も渡された資料に目を通す。どう考えても、たった一人で鑑定できる量ではなかった。

にわかには信じられないが、もし本当の話であれば、何をしてでもその男は手元に欲しい。

これが嘘であっても、無能な男爵を処分する口実になる。

——決まりじゃな。まずは、目の前の無能を追い込むか。

「アンメリザ男爵。おぬし、致命的なミスを犯したようじゃな」

国王は見せつけるように、額に手を当てて、はぁー……と深い溜め息を吐き出す。

「っ！　ミス……でございますか……？　私は何も——」

「その鑑定士は、我が国の宝じゃ！　貴様とは比べものにならんほどのな！」

アンメリザを睨みつけ、国王は腰にある剣に手を伸ばした。

無論、こんな場所で斬り捨てることなどはしない。だが、脅しとしては十分だった。

男爵の顔が、さーっと青ざめて、信じられないものでも見るように、目を見開く。

「むっ、無能な平民……いっ、いえ、あの者より、私の方が——」

「くどい！　アンメリザ男爵に命ずる！　貴様よりも優秀な、その平民を確保して参れ！」

「くっ……かっ、畏まり、ました」

悔しそうな顔をしながらも、アンメリザは深々と頭を下げて命令を承諾した。

――手元にあったはずのその者が、今は帝国の手のうちか。

ロイドが帰ってこない件も併《あわ》せて考えると、その人物を帝国が保護している可能性も高い。相応の実力者を送り込むべきだった。

「して。その平民を帝国から連れ戻せるだけの人材は集まっておるのか？」

「もっ、もちろんです！　突入の許可さえいただければ、今すぐにでも命令を出せます！」

――本音が半分、嘘が半分と言ったところか。

自分の失態を覆い隠すために無断で帝国に行かせる予定だったが、人が集まらず、正式な許可が欲しくなった。そんなところだろうと国王はアタリを付けた。

――せっかくの機会じゃ。どうせなら、無能はまとめて処分するかの。

「あい分かった。本件の責任者を余の四男であるミルカとする。貴様は、あやつの手綱を握れ」

「わっ、私が、ミルカ様の手綱をですか⁉」

「無事に達成すれば、子爵の地位を用意しよう。いいな？」

「っ‼　畏まりました！　必ずや、やり遂げてみせます！」

「期待しておるぞ」

国王は鷹揚《おうよう》に頷き、宰相をチラリと見た。

これで優秀な鑑定士が手に入り、邪魔な王子と男爵は帰らぬ人になる。

国王の意図を読み解いたであろう宰相が、小さく笑った。

☆★☆★☆

国王に呼び出された帰り道。

苛立たしげな顔をしたアンメリザ男爵が、毛先の長い赤い絨毯《じゅうたん》を踏みにじっていた。

「俺様が平民に負けているだと⁉　馬鹿が！」

――貴族が相手ならまだしも、平民に負けているなど、どう考えてもありえない。

「愚王めが！」

アンメリザはそう吐き捨てた。

――平民とは、地を這うことしかできないクズだ。そんな存在が俺様より優れているなど、ゴブリンがドラゴンに勝つくらいありえない。

「つまり、あの言葉はなんらかの暗号だな」

――そう考えると、しっくりくる。問題はその意味なのだが、それはあとで部下に考えさせればいい。

「とはいえ、腹は立つがなっ！」

国王の言葉が本気ではないと頭では分かっていても、やはりアンメリザは気分が悪かった。

それもこれも全て、逃げたクズ鑑定士のせいだった。どうして貴族である自分が、こんなに苦労しなければならないのか、とアンメリザは歯噛みする。

「……それにしても、俺が子爵か」

そのことを考えると、アンメリザの溜飲は幾分か下がった。

もっと上の身分の方が自分に合っていると思える、それについては追々でいい。

無能な鑑定士を連れ戻すのも、国王陛下の許可があればすぐに済む。

「問題があるとすれば、ミルカ様の手綱か……」

自分勝手なことしか考えないアンメリザも、そのことはあまり都合よく考えられなかった。国王陛下も、なかなかに無茶を言う。

『クズの四男』と評判のミルカは、王家に生まれたのをいいことに、好き放題生きている。

勝手に貧困街に出向いて、平民やそのさらに下の身分の者に飯を与える。そんな無意味な活動をして、いい気になっているらしいのだ。

そしてあろうことか、国王にこのように直訴したこともある。

『貴族には、貴族の責任があり、王家にも、果たすべき責任があるでしょう！』

『永久に平民を抑え続けるなど不可能です。何故分からないのですか!?』

アンメリザはその話を聞いて、『妄言を』と一蹴した。

「ほんと、気が知れんな」

――実力もないくせに、生まれのよさだけで偉そうにするなど……本当にミルカはクズだ。

そういった人物を形式上とはいえ上司として迎えて、一緒に仕事をするなど、考えるだけで気が滅入《めい》るアンメリザだった。

「……子爵の地位のために、仕方なく受け入れるがな」

はぁー……と、大きく溜め息を吐いて、肩を落とす。だが、決まったことを嘆いても仕方がない。

――気晴らしに、新しい鑑定士でもぶん殴りに行くか。四人もいるんだから、一人くらい減ってもいいだろう。

その時、アンメリザの背後から何者かが近付いた。

ハッとアンメリザが振り向くと、恰幅《かっぷく》のいい男が立っていた。彼はアンメリザの顔を見ると、嬉しそうな表情で口を開く。

「おぉ！　本当におられましたな」

「……は？」

――この男は確か、王家に仕える商人の一人だったはずだ。専門は、魔道具の仕入れだったか？

俺を探していたようだが……

「信じられない話だとは思いますが、神のお告げで『アンメリザ男爵様がこちらにいる』と伺いましてな」

「……は？」

――神？　お告げ？　この男は何を言っている？

怪訝な顔をしたアンメリザは、ともかく男を追い払うことにした。

「悪いな。俺様は敬虔《けいけん》な信徒ではないんだ。余所でやってくれや」

神など目に見えないものに祈るより、平民を働かせた方がいい結果が得られる。

神よりも金の方が優秀だ、というのがアンメリザの持論だった。

「えぇ、分かっております。何を隠そう私も、神など信じておりませんでしたので」

「……悪いが先を急ぐ」

王家のお抱えでなければ、この場で斬り捨てるレベル。アンメリザにとってこの男はそれくらい不愉快だった。

――足くらいは、本当に斬ってやろうか？

「おっ、お待ちください！　お代は頂きませんので、壷を一つお持ちいただきたいのです。私を助けると思って」

あまりにも弱々しい、懇願するような声。すがりつくように、商人が言葉を続ける。

「アンメリザ男爵様は、この世に必要不可欠なお方。神はそう言って、私を遣わせたのですよ。このままでは、私が神罰を受けることに！」

「……この世に、必要不可欠？」

「えぇ、もちろんです！　あなた様は、この世界を変えるお方！　神もアンメリザ男爵様に注目しておられる。そう告げられております!!」

聞く人間によっては白々しいことこの上ない言葉を聞き、アンメリザは気をよくした。

「なるほど、神とやらも案外見る目はあるらしい。それで？　神はなんと？」

「おぉ！　聞いてくださるのですか!?　流石はアンメリザ男爵様。いま、物をお持ちいたします！」

商人は近くに控えていた部下に指示を出す。

白い手袋をはめた部下の手で、気味の悪い形の壺が運ばれてきた。

「こちらが、神からアンメリザ男爵に授けるように命じられた壺でございます。『次の任務に、肌身離さず持ち歩いてもらいたい』との伝言を承っております」

「持ち歩く？　これをか？」

「はい。神がそのように、と」

アンメリザは改めて壺に目を向けた。

それは、どうにも美しさに欠ける壺だった。数百人の奴隷たちが、注ぎ口に埋め込まれた魔石に向けて手を伸ばしているような造形だ。

「ここだけのお話なのですが、どうやら、アンメリザ男爵様の身に、死が近付いているようなのです」

「しっ、死だと!?」

「はい。ですが、アンメリザ男爵様は、この世になくてはならない存在。それ故に、その壺を通して、神が持てる力を全て注いで守る。そう告げられましてな」

「……なるほど」

――確かに俺は、こんなところで死んでいいような人間じゃない。そう考えれば、神が動いてもおかしくはないか。いや、普通に考えて、神が動くべき案件だ。

「もちろん、お代は頂きません。神のご意志ですので」

「分かった。確かに頂戴しよう」

アンメリザは両手で壷を受け取った。

――よく見れば、言うほど悪くない壷かもしれない。

そう思いながら、アンメリザは王城からの帰路についた。

5　三連休

クラス分けの試験が終わった帰り道。

俺は、何かを考え込んでいるようなマルリアの姿を横目に、端末を操作していた。

頭痛と引き換えに覚えたおかげで、端末の操作はバッチリだ。

そうして、何気なく今後の予定を眺めていたのだが……

「警邏部隊の授業が……三日後の昼？」

「そうみたいですね！」

次は、三日後らしい。それまでは受けるべき授業もなく、『何かあれば、担任である儂を頼れ』と書かれていた。

「結局のところ、俺は三日後まで何をしたらいいんだ？」

授業を受ける以外に、指示されていることはない。暗黙の了解で、何かするべきことがあるのだろうか？

そう思っていると、前を歩いていたフィオランが、くるりと振り向いた。

「好きなことをしたらいいんじゃない？　って、お姉さんは思うけど」

「好きなこと？」

「そうよ。アルトくんも何かしたいことあるでしょ？」

フィオランが首を傾げながら言った。だが、彼女の言葉の意図が理解できない。

好きなことや、やりたいことを自由にやる？

「それだとまるで、三日間も連続で休みみたいじゃないか？」

「「え……？」」

え？　何その反応？

「えっと、あのですね。その通りですよ？」

「……は？」

「ですから。三日間、連続でお休みです」

え？　連続で休み？　……ホントに？

信じられない思いで立ち尽くしていると、背後から盛大な溜め息が聞こえてくる。

「ねぇ、やっぱりあんた、バカなんでしょ？　三連休よ。さ・ん・れ・ん・き・ゅ・う」

マルリアから人差し指を額に押し当てられて、ツンツンツンと突かれる。

何だろう。すげー、呆れられているように感じるんだが？

「はぁ……なんでこんな奴がAランクで、私がDなのよ……」

「えっと、それは、その。なんと言うか。申し訳ない」

「謝らないでよ！　余計に虚しくなるじゃない！　まったく。ほんとに、バカなんだから」

マルリアは大きく肩を落としていた。

その後も色々と聞き出した情報によると、どうやら俺は、三日連続のお休みをもらえたらしい。

――つまりは、人生初の三連休！

「あれだけの給料をもらっているのにか？」

「えっと、えっと……確かに頻繁にあることではないですが。そこまで驚くほどのことでもないですよ？」

「施設ですら年に数回はあったんだから、訓練生も普通にあるわよ。正規兵になって上に行けば十連休とか普通にあるんじゃない？　知らないけど」

「……まじですか」

リリとマルリアの言葉に驚く俺。それって、頑張って偉くなれば、お休みが増えるってことだろ？　帝国すげぇな。

「みんな聞いてくれ。俺は、上を目指そうと思う！」

「……あんた、すごいタイミングで、すごい宣言をするわね。お金よりも休みが欲しいってこと？」

「もちろんだ。休みは何物にも代えがたい幸せだからな。それに、上に行けば給料も増えるんだろ？」

「それは、まぁ、そうだけど」

給料も増えて休みも増える。これ以上の幸せはない！

「やっぱり、帝国に来てよかった」

改めてだけど、しみじみそう思う。

それにしても、人生初の三連休か……

「今ならなんでもできそうな気がするな。悪いけど、俺は、一足先に部屋に戻るよ」

「え……!?　ちょっと！　待ちなさいよ！」

マルリアの呼び止める声が背後から聞こえたが、俺は気にせず走り抜けた。

三日も休みがあるなんて、何をしようか？

好きなこと。やりたいこと。自由にしたいこと。

「やはり、鑑定の強化からだよな」

はやる気持ちを抑えきれずに、与えられた部屋に戻って、ベッドの中央へ。

俺の鑑定が届かない黒い布を膝の上に置いて、魔力を体内に巡らせた。

まずは、普段と同じように魔力を流していく。

「……ダメか。だったら次は」

魔力の量を変え。方向を変え。質を変え。

考え得る限りの組み合わせを試していく。

魔力を折り重ねたらどうか？

「――――!!」

そんな試みをしていた最中に、ふと、何かが脳裏に浮かんだ気がした。だがその感覚も、一瞬ののちに消えていく。

「悪くない手応えだったんだがな。やっぱり、魔力が吸い込まれているのが問題か……」

結局は、そこに行き着く。そして、思いつく限りは、一通り試してしまった。

「仕方ない。少し休憩にしようか。三日ももらえたんだからな」

そんな思いで黒い布から視線を外して、大きく息を吸い込んで、ふぅー……と吐き出す。

そうして向けた視線の先。

「……は？」

俺の足下に、仰向けで寝転び、本を読むマルリアの姿があった。

「あっ、やっとこっちを見たわね。何十時間待たされるのかと思ったわよ。よいしょ、っと」

読んでいた本をパタンと閉じ、マルリアはサイドテールを揺らしながら起き上がる。

『才能の見つけ方・伸ばし方』

本のタイトルが、チラリと見えた。

彼女は小さな腕時計に目を向け、軽く肩をすくめてみせる。

「二時間も経ってるじゃない。やっぱ、無茶苦茶よね。あんたも、あっちも……」

つられるように視線を向けた先に見えたのは、夕日の中で弓を射るフィオランの姿。そのかたわらには、瞑想中のリリとマイロくんの姿もある。

「ホント、才能がある人間は羨ましいわよ。まったく……」

状況を見る限り、どうやら俺は、二時間ほど黒い布と格闘していたらしい。

リリたちも、それぞれの訓練をしていたのだろう。

クラス分けの試験が終わった直後なのに、若者はみんな、元気だねぇ。

「今日くらいは、訓練を休んでもよかったんじゃないか？」

「はぁ!?　アンタがそれを言うの!?」

「え!?」

「アンタがあり得ない集中力を発揮して、黒い布と睨めっこし始めちゃったのに、私たちがサボれるわけないでしょ？」

あー……それは、なんというか。

「申し訳ない」

連休だ～！　って聞いて、好きなことを始めてしまったが、思えば上司と部下だからな。

マルリアたちにも、休んでいいよ、と言ってからじゃないとダメだよな。

「次からは、休暇の許可を出すよ。ごめんな」

「……そういう意味じゃないんだけどね。まぁ、いいわ。アンタの認識を訂正しようと思うと、すっごく大変そうだし」

マルリアは盛大な溜め息を吐いたあと、何故か表情を引き締めて、俺の手を握る。

「私の才能を教えて。他の三人みたいに強くなれないのは分かってる。あなたに利益がないのも分かってる。でも、教えて！」

強い言葉とは裏腹に、今にも泣きだしそうな瞳が、目の前にあった。

才能を教えてほしい、か……

「どうして俺が、才能を見抜けるって思ったんだ？」

普通はそんな芸当、ありえない。そんな話だったと思うんだが？

「どうしてって言われても、ずっと側にいたのよ？　分かるに決まってるじゃない」

まぁ、それもそうか。身内を相手に、本気で隠していたわけでもない。気付くなと言う方が無理か。

「それで？　自分の才能を知ってどうしたい？」

「決まってるでしょ。強くなりたいの」

それはそうだろう。

問題は、そのあと。

「強くなってどうしたいんだ？」

「マイロを、守りたいのよ……」

ん？　マルリアにしては、歯切れが悪いな。

嘘？　いや、何かに迷ってる感じか？

「マイロくんの発作も、最近じゃ安定してるんだろ？　まだ燻《くす》ぶってるのか？」

「……いいえ、それはないわ。治ったとは言い切れないけど、落ち着いたように思うわね。あなたのおかげよ」

だったら何故守る必要が？

そう聞く前に、マルリアが右手をぎゅっと握り締めた。

「あなたも、マイロと同じようなことを言うのね……私は姉なの。弟を守らなきゃ、ダメなのよ」

「……なるほどね」

マイロくんにも大丈夫だって言われたけど、まだ色々と悩んでいる。そんな感じかな。

まぁ、悩めるだけのゆとりがあるならいいさ。俺の方も、伝えるだけの覚悟は決まった。

「先に言っておく。上手く伝えられる自信はない。鑑定の結果を本人に伝えるのは、これが初めてだからな」

「え？　初めて？　というか、いま、鑑定って言ったわよね？」

「あぁ。俺は鑑定士だからな。できることは、鑑定だけだ」

「……なるほど、才能の鑑定ね。あなたの非常識と合わせて考えたら、なんとなく理解したから、それ以上は言わなくていいわよ」

「そうか……」

なんかもう、あれだな。頭のいい子は、話が早くて助かるような、少しだけさみしいような。

あと、非常識と言われるのにも、いい加減慣れてきた。

「それで？　その、初めてっていうのはどういう意味よ？　変態やリリにも、才能を教えたのよね？」

「あー、まぁな。一応伝えたのは伝えたんだが。あいつらはすごく弱かったから、別枠だな」

支援魔法や弓を学べば、最強になれる。落ちこぼれじゃなくなる。

言葉は悪いが、元々が弱かったからそう伝えるだけで良かった。だが、マルリアは違う。

「施設でもずっと上位だったんだろ？　入学試験も、自分の力で突破した。初めて会った時のあの二人とでは、比べものにならないほど強い」

ところが、クラス分けの試験では、リリたちの方が評価された。だから焦っている。自分も強くなりたい。

そんな気持ちも分かるのだが……

「鑑定の結果を意識したせいで、今よりも弱くなる。絶望する。そんな事態もあり得るんだ」

これまでずっと続けていた努力を否定される可能性もあるからな。

多感な年齢故に、性格にさえ影響しかねない。

「大丈夫よ。何を言われても、後悔なんてしないわ。お願い、教えて」

「……分かったよ。教えるから、そんな顔をするな」

泣きだしそうな顔で見上げられたら、強く断ることなんてできそうもない。

意志の強い彼女が、素直に引くとも思えないしな。

「とりあえず、二つほど訂正しておくよ。才能が低くても強くなれないわけじゃない。そして俺に利益がない、って話も違うからな？」

「……そうなの？」

「あぁ。才能なんて、頑張ればどうにでもなる。鑑定の評価は最低ランクなのに、その道で成功している人物を一人だけ見たことがある」

俺自身が試したわけじゃないから、断言はできないが。

鑑定の評価は、力の伸びやすさ、成功のしやすさだと思っている。

努力は才能を凌駕《りょうが》する。そんな話だ。

「それで？　あなたが受ける利益というのは？」

「上司からの評価だな。鑑定をして部下を強くするのが、俺に与えられた本当の仕事だ」

そのおかげで、帝国にスカウトされたわけだし。

マルリアが強くなれば、俺の評価も上がる。そうすれば、給料も休みも多い生活が近くなる。

「……分かった。そういうことにしておいてあげるわ」

「あぁ、そうしてくれ……始めていいのか？」

「ええ。お願い、します……」

マルリアが、神にでも祈るように目を閉じて、ぎゅっと手を握った。

俺は紙とペンを引っ張り出して、ゆっくりと魔力を彼女に流していく。

【名　前】マルリア（15歳）
【状　態】生命力：342／342　魔力量：197／197
【技　術】ロープ術：8／8　収納術：8／8
【素　質】精製術（A）　鍛冶《かじ》士（B）　盗賊（C）

……よかった。Ｓはないが、それほど悪くない。むしろ、ＡとＢがあるだけいいと思う。

何より、今の俺たちに足りない部分を補ってくれる、最適な素質である気さえする。

もちろん、進む道を強制する気はないがな。

そんな風に思いながら、素質の部分だけを紙に書き写して、マルリアに手渡した。

「盗賊の素質が、C……？」

最初に目を引いたのが、そこらしい。

「私には犯罪者の才能がある、ってわけね……あんな親の子供だもの、当然——」

「いや、違う違う。待て待て！　言い忘れてたが、鑑定で表示される言葉と、現実の言葉では、若干意味が違う」

「……そうなの？」

「あぁ。盗賊と書かれてはいても、犯罪者の盗賊とは別だ」

確かに勘違いしても仕方ないと思う。

どう考えても、事前に説明しなかった俺が悪い。

「盗賊というのは、手先が器用だったり、特殊な武器の扱いが上手かったりする人、という意味らしい」

「特殊？　私が……？」

俺はマルリアの腰の辺りに視線を向ける。

そこにあるのは、彼女が愛用しているがま口のポシェット。パチンと閉じている口の中には、いつものロープがあるはずだ。

　どう考えても特殊だろう。

「……否定できないのが、ムカつくわね」

「まぁ、そう言うなって。悪い才能じゃないんだから」

　聞けば、ロープもポシェットも、マルリアの手作りって話だ。

　手先も器用なのは、間違いない。

「それで？　精製術って言うのは？」

「悪い。そっちは、俺も初めて見たんだ。今から、詳しく鑑定するよ」

　一言断ってから、瞳の奥に魔力を集める。

　宙に浮かぶ文字にも魔力を注ぎ込んでいく。

【名　前】精製術
【補　足】ものの品質をより良くする技術。薬品や武具、魔術品の効力を高めることができる。幅広い範囲を網羅する職人。

　なるほどね。

「錬金術士や加工技師、細工師なんかを混ぜた感じの素質みたいだな」

「え……？　それって。剣や防具の他にも、魔道具、お守りなんかも作れるってこと!?」

「そうらしい。それに加えて、完成品の改良もできる。というか、改良の方がメインみたいだな」

「……すごいわね。なんでも作れるじゃない」

器用貧乏にならないかが心配にはなるけどな。

残るのが、Ｂの鍛冶士か。

精製術と大半が被るが、こっちは剣や防具に特化してると言った感じだ。

「……つまり私は、直接戦うよりも、ものを作る仕事の方が向いてる。そう言いたいのよね？」

「まぁ、そうなるな」

最前線で戦う技術を必死に学び続けてきた彼女にとっては、予想外だろう。

これまでの言動を見る限りでは、マルリアとしては、剣術や槍、短剣などの才能を望んでいたはずだ。

だが、嘘を言っても仕方ない。

――偽りなく伝えて、未来は本人が決める。

それが鑑定士の正しい姿であり、矜持《きょうじ》だと思うしな。

「本当に、一度も試したことのない分野じゃない。考えもしなかったわよ……」

だろうな。そういう家系に生まれないと、普通は関わることのない分野だ。

「でも、これが、リリを強くした力、ってことよね？」

「……まぁ、そうなるな」

もちろん、本人の努力が大きいが、マルリアなら言わなくても理解しているだろう。

手の中にある紙を見つめた彼女が、大きく息を吸い込んで天を仰ぐ。

何を思い、何を考えているのか。

推測すらできないが、きっと様々な思いが交錯しているのだろう。

「ちょっとだけ考えてみるわ。ありがと」

マルリアはそう小さく口にし、瞑想を続けるマイロくんの方を見る。

そしてゆっくりと紙をたたみ、上着のポケットに仕舞い込んだ。

☆★☆★☆

慌ただしく始まった幸せな三連休も、あっという間に過ぎていく。

今はもう三連休最終日の夜だ。

「あー、もぉ！　初歩なのに、意味分かんなくなってきたじゃない！　ねぇ、本当に、私に才能なんてあるの!?」

「大丈夫。あるよ。鑑定は嘘を吐かないから。それに、昨日と比べたらよくなったんじゃないか？」

「それは、まぁ。そうなんだけど……」

むぅー、と頬を膨らませたマルリアが、手元の本と金色の針金に視線を落とす。

本のタイトルは、『はじめての技術士〜小物編〜』

手の中にある針金も、初心者用の新品だ。

『こんなところで立ち止まる女だとでも思ってたの？　戦闘も物作りも、どっちも極めてやるわよ！』

鑑定の結果を知って半日ほど悩んだマルリアは、そんな結論に落ち着いたらしい。

考えることをやめた開き直りにも見えるけど、悩んで立ち止まっているよりはいいと思う。

それに、マルリアの言う通り、どっちかに決めなきゃいけないというわけでもないしな。

今作っているのは、針金を使ったブローチだろうか？

「ここを右にねじって、回して、……はぁ!?　『ここで魔力を適量注ぎます』って何よ!?　もっと具体的に教えなさいよね！」

そう叫びながらも、マルリアは真剣な表情で、試行錯誤を繰り返していた。

その姿は、普通に楽しそうに見える。

瞑想中だったマイロくんが、姉の叫び声に片目を開いて、苦笑いしているけどな。

被害と言えば、そのくらいだ。

「アルトさん。ちょっと、見てもらってもいいですか？　なんだか、魔力を流せる量が増えた気がするのですが」

「ねぇ、アルトくん、アルトくん！　この弓の撃ち方、すっごくお姉さんっぽくない!?」

「アルト様。支援魔法の魔力量を場所に応じて変更した場合なのですが……」

新しいことを始めたマルリアに刺激を受けたのか、リリたちも色々と動きだしていた。

それぞれが独自で考えて、強くなる道を模索する。その成果が出るのはまだまだ先だろうが、着実に強くなっているように思う。

さて、俺も頑張るか。まずはこの黒い布を巻いて、と……

「ねぇ、アルト？　アンタ、何してんの？」

「ん？　見た通りだな。黒い布で目隠しをして、読書だ。いや、正確に言えば、読書をしようとしている」

「……前、見えてないわよね？　本、読めてないでしょ？」

「あぁ、読めないな」

必要に迫られれば、新たな力に目覚める。ずっと黒い布を鑑定し続ければ、何かしらの糸口が見つかるだろう。

そう思っていたのだが、ダメだった。

「……みんなで決めた睡眠の時間だから、電気消すわよ？　明日から授業なの覚えてるわよね？　すぐ寝なさいよ？」

「あぁ、分かってるよ」

どうにも心配をかけてしまったらしい。

大きく息を吸い込んで、焦りと共に吐き出していく。

俺だけが前に進めないまま、初めての三連休が一瞬で過ぎ去っていった。

6　新たな歩み

警邏部隊の授業が行われる日の朝も、俺はギリギリまで黒い布の鑑定を続けていた。

「あんた、いつまでその目隠ししてんのよ？　遅刻する気なの？」

「……そうだな。そろそろ向かうか」

それも、どうやら時間切れらしい。

人生初の三連休だったのに、解決の糸口すら見つけられなかった。

はぁ……と軽く息を吐いて、周囲に目を向ける。

声をかけてくれたマルリアに、リリ、フィオラン、マイロくん。

それぞれが得意な武器とものを持って、俺の姿を見つめていた。

全員、準備万全のようだ。待たせてしまって申し訳ない。

「警邏部隊の授業は街で、って話だよな？」

「はい！　行ったことがある場所なので、案内しますね？」

「あぁ、宜しく頼むよ」

「任せてください！」

楽しそうに微笑むリリの案内で、正面の門を抜け、街に出る。

白を基調とした石造りの家に、この国の象徴である赤い屋根。

ふんわりと降り注ぐ日差しが、華やかな街並みを優しく照らしていた。

「思えば、この街をゆっくり見るのも久し振りかもな」

フィオランを捜しに冒険者ギルドまで行ったこともあったけど、目と鼻の先だったからな。

街並みをゆっくり見るのなんて、老夫婦の荷馬車から見た、あの時以来だろう。

「相も変わらず、客引きや人々の笑い声が溢れる、いい街だよな」

「ん～？　急にどったの～？」

俺の独り言が聞こえたみたいで、フィオランが反応した。

「いや。この街に住んでるのに、ゆっくり見たことなかったな、と思ってさ」

ずっと訓練校の中で過ごしていたからな。暇な時間は十分にあったんだが、なんというか、こう。

王国時代のクセが抜けてなかったらしい。

あの頃は、職場から出ないのが普通という生活をしていた。

暇がなくて、出たくても出られなかったし。暇そうな場面を上司に見られでもしたら、ノルマが追加された。

「そっか、そっか。街に興味があるんだったら、今度のお休みにでも、お姉さんが案内してあげよっか？」

「案内？　フィオランがか？」

「そうよ？　観光客の案内って、弱くて魔物が倒せない低ランク冒険者のお仕事だったからね。お姉さん、すっごく得意なの！」

あー……うん。反応に困るセリフをどうもありがとう。

でもまぁ、フィオランが低ランクの冒険者だったのは事実だ。本人が気にしてないのなら、いいか。

「頼めるか？」

「もっちろん！　リリちゃんたちも一緒に行くよね？」

「え？　いいんですか？」

ん？　何故俺の方を見る？　あれか？　書類上の上司の許可が欲しいということか？

「みんなで行く方が楽しいからな。マルリアもマイロくんも、それでいいか？」

「はい！　予算の管理は任せてください！」

「……そうね。マイロも行くなら、私も行くわ」

「うんうん！　みんな、お姉さんに任せてくれていいからね～！」

フィオランは楽しそうに笑ったかと思えば、何かを悩むように晴れ渡る空を見上げる。そして何故か、俺たちに背中を向けた。

（今のお姉さん、すっごくお姉さんっぽかったわよね!?　冒険者やっててよかったよぉ……！）

小さな声が聞こえたが、聞かなかったことにしようと思う。

リリたちも苦笑いを浮かべているし、俺と同じ気持ちかな。

それにしても、弓を背負う姿がずいぶんと様になってきた。

「眼鏡も弓も、最初は頻繁に触ってたのにな」

しっくりくる場所を探したり、お姉さんっぽい眼鏡の整え方を探してみたり。それが今じゃ、ベテランの風格すら感じる。

実際のところは、弓を持ち始めてまだ一ヶ月ってところなんだが、命中率も連射力も上がってきている。

「俺も見習わないとな」

「ん？　アルトくん？　何か言った？」

「いや、なんでもないよ」

「そぉ？」

不思議そうに首を傾げるフィオランに笑って誤魔化して、手元の黒い布にチラリと目を向ける。

できることなら、今すぐにでも鑑定の訓練をしたいのだが、歩きながらはさすがに危ない。

だが、周囲にバレない鑑定の方法ならどうだろう？

「アルト様？　なんだか難しい顔をしてますが、大丈夫ですか？」

「ん？　あー、うん。問題ないよ」

不安げに俺の顔を見上げてくるリリにも笑って誤魔化し、歩きながら魔力を霧状にしていく。

魔力の粒をより小さなものに変えて、できるだけ薄くする。より小さく、より薄く……

「……だめか」

部屋の中で試していた時と同じように、制御を離れた魔力が霧散していった。

方向性は合っていると思うのだが、上手くいっているとは言い難い。

だが、方向性すら分からなかった頃よりは、ましだろう。

そう思っていると、先頭を行くリリが、足を止めて左を向いた。

「ここですね！」

「……へ？」

視線の先にあったのは、どこにでもありそうな、普通の喫茶店。

『おっさんが作る、水出し珈琲とバームクーヘン、スモーク牛タンの店』

そんな旗が、堂々と揺らめいている。

「……ここ？」

「はい。集合場所の『庶民派髭《ひげ》おやじ』です」

「……あー、うん」

もう、どこから突っ込んでいいのか分からないが、看板には確かに『庶民派髭おやじ』と書いてある。端末に届いた案内にも『髭おやじ』とある。本当にここなのだろう。

時刻は、授業開始の二十分前。

「中で待ってればいいか」

鑑定の特訓をしながら。

「そうですね。遅刻するよりはいいと思います」

「そうだな」

だけど、一つだけ言わせてほしい。

珈琲とバームクーヘンはいい組み合わせだと思う。何故そこに、スモーク牛タンなんだ？

そう思いながら、俺は落ち着いた雰囲気の木のドアに手を伸ばした。

カランカランと、ドアに取り付けられた鈴が鳴る。

珈琲の香りを感じる店内にあったのは、使い込まれたカウンターと四人掛けのテーブルが八つ。

俺たち以外に客の姿はなくて、細身のおじさんが、珈琲カップを丁寧に磨いていた。

「らっしゃい。訓練校の生徒さんかい？」

「あ、あぁ」

——いや、髭ねぇじゃん！

そう叫ばなかった自分を心の底から誉めてやりたい。だが、もしかしたら、オーナーじゃないのかも？

そうは思ったが、深く追及する必要もないだろう。

「ようこそ。頭までつるつるのおやじがやってる、『庶民派髭おやじ』へ」

おじさんは人好きがする笑みを浮かべ、頭をペシッ、と叩いてみせた。

窓から差し込む日差しを浴びた頭が、神々しく輝いている。

俺たちは、やばい店に迷い込んだのかもしれない。

いや、まぁ、迷ったわけじゃないんだけどさ。なんというか、間違いであってほしい。

「リーダーはここな。他はこっち側にたのんまぁ」

「……はい」

俺のささやかな願いなんて叶うはずもないのだろう。

フィオランたちと顔を見合わせて、指定された椅子に腰掛ける。

前にも来たことがあると言っていたリリだけは普段通りだが、その他はみんな落ち着かない様子に見えた。

「ほいさ。まずはお通し」

「「「……ぇ？」」」

そんな俺たちの目の前に畳みかけるように、厚めに切られたスモーク牛タンが置かれていく。

普通に、人数分。

珈琲の香りがする店内で、最初にスモーク牛タン……というか、お通し？

「ここ、喫茶店ですよね……？」

「おうともさ！　代金は警邏部隊の費用から出るから、気にしなさんな」

「……分かりました」

おやじのー、珈琲は〜、海の〜、あー、じー♪　なんて、楽しそうに珈琲を淹れ始めたおじさんを横目に、牛タンを見下ろす。

とりあえず、海の味がする珈琲は、飲みたくない。

小鉢に盛り付けられた六枚の牛タンは、普通に美味しそうだな。喫茶店だけど……

「ここのスモーク牛タン、美味しいんですよ！　ん〜♪」

リリが両手で頬を押さえて、幸せそうに牛タンを頬張っている。

そんなリリを横目に、とりあえず、ってことで牛タンを一口。

「え……？　美味い……！」

「そだろ、そだろ。俺っちの自信作だからな」

おじさんの声が聞こえたが、見向きもせずに牛タンを頬張る。

薫製《くんせい》の香りが鼻を抜けて、凝縮された旨味が口の中に染み渡っていく。

「美味しいわね。お姉さん、びっくりしたわ」

「ですよね！　すっごく美味しいです！」

「……まぁ、悪くないんじゃない？」

そう言って盛り上がる女性たちの横で、マイロくんも黙々と牛タンを味わっている。

あり得ないほどうまい。一枚食べただけで、喫茶店だとか、そんな小さなことはどうでもよくなった。

『庶民派髭おやじ』、間違いなく、いい店だ！

王国出身のバスダムルとバドラにも教えてやらないとな！

そう思っていると、不意に、カランカランと音がした。

振り向いた先にいたのは、俺たちと同じ訓練校の制服を着た少女。

「らっしゃい。お前さんも警邏部隊の授業かいね？」

「……ん」

「席はそこな。ほれ、お通し」

「ん」

短く答えた少女が、促されるまま、俺の隣に腰掛けた。

出されたお通しを平然と食べている彼女の横顔に見覚えがある。

「えっと、サーラさん？」

「ん。サーラでいい」

リリやマルリアと初めて会った時に先頭を走っていて、練習試合ではフィオランを負かした少女だ。

剣術の素質がＳランク。施設の受け入れが始まって以来の天才だ、ってルドルフ少佐も言っていた。

「そっちは、あなたがリーダー？」

「あぁ。アルト・スネリアナ。俺もアルトでいいよ」

「ん。よろしくアルト」

「あぁ、よろしく」

どちらからともなく握手をして、会話が途切れる。

醸し出す雰囲気からしても、話が得意そうには見えない。それに、こちらから話しかける必要もあまりないか……

そう思うのだが、どうしても横にいる彼女が気になってしまう。

腰に提げられた質の良さそうな剣。小さく揺れる赤いポニーテール。

「ん？　何……？」

「いや。なんでもないよ」

やばい。

――すげー、鑑定したい!!

立ち振る舞いや醸し出す雰囲気が、初めて見た時と全然違う。どう見ても、強くなっている！

是非とも現状を鑑定させていただきたい！　その結果をリリたちと比較したい！

そうは思うのだが、下手にバレたら敵対しかねないからな。あー、くそ！

「鑑定したい」

「ん？　何か、言った……？」

「あっ、いや。なんでもないよ。うん」

落ち着け、俺。今から授業だからな。険悪になったら本当にやばい。

………でもさ。ちょっとだけなら。ちょっとだけならバレないよな？　ほんとうに、ちょっとだけ。いいよな？　ほんとうに、ちょっとだけだから――

「アルト様」

「ひっ!!」

鑑定する前からバレた!?　はっ!?　そうか！　リリには、心の中を読む力があるから――

「えっと、えっと、警邏部隊の方が来られたみたいですよ？　それと、驚かせてごめんなさい……」

しゅんとしたリリが、肩を落として、頭を下げる。

慌てて視線を向けた窓の向こうに、こちらに向かって歩いてくる男たちの姿が見えていた。

俺の出来心がバレたわけではないらしい。

ほっと息を吐きながら、リリの方に向き直る。

本当は土下座でもしたかったんだが、ここじゃさすがにな。

「今のは完全に俺が悪いんだ。リリのせいじゃないよ」

「えっと、そうなんですか？」

「あぁ。申し訳ない」

パチンと手を合わせて、深く頭を下げた。

不思議そうに首を傾げているサーラにも心の中で謝って、改めて外を見る。

揃いの赤い鎧を身に着けた男たちが、全部で六人。全員の胸に、赤いチューリップの紋章が輝いている。どう見ても、軍の関係者だ。

カランカラン、と本日三回目になる音に続いて、男たちが店の中に入ってくる。

「ちわっす、オーナー……おっ？　ひぃ、ふぅ、みぃ……全員揃ってるなんて、今期の後輩は優秀だな」

先頭にいた男が、俺たちの方を見て笑った。

見た目の年齢から考えても、雰囲気から考えても、教官というよりは、よき先輩と言った感じだ。

何はともあれ、挨拶をした方がいいだろう。

椅子から腰を浮かせると、何故か背後から楽しそうな声がした。

「ぷははは。お前さんが訓練生だった時は、全員遅刻だったもんな。そりゃ、優秀というしかねぇよな」

「……え？」

「ちょっ、オーナー！　全力で格好いい先輩を演じてるんですから、恥ずかしい過去をバラさないでくださいよ！」

「なーにが格好いい先輩だ。ひよっこのくせしやがって。まぁ、いいや。お前さんたちもフルセットでいいな？　よくなくても食わせるけどよ」

ぷはは、と笑ったオーナーが、カウンターの空席にスモーク牛タンを並べていく。

俺たちの時もそうだったが、客の要望は聞かないスタイルらしい。

「三年ぽっち先輩だからって、気取っても仕方ねぇだろ。まずはうちの牛タンと珈琲を食らっとけ」

「うっす。精進します」

……まぁ、なんだ。オーナーのおっさんも、先輩らしき人たちも、悪い人じゃなさそうだ。

でもって、自己紹介のタイミングを完全に逃してしまったな。どうしようか……

そう思っていると、お湯を沸かそうとしていたオーナーが、何故か手を止めて、こちらを向いた。

「おっと、その前に、こっちのバームちゃんからにするか。お前さんたちなんて後回しだ」

「うわ、ひでぇ。それはないでしょ、オーナー」

「いんや、ある。若い子が優先って今決めた」

ぬはは、という笑い声と共にバームクーヘンが切り分けられて、真っ白な皿に盛りつけられた。

綺麗な年輪が入った焼き色に、きめの細かい生クリームとラズベリー。ちょうどいいタイミングで、珈琲も仕上がったらしい。

俺たちの前にバームクーヘンと珈琲が置かれて、フィオランが楽しげに手を叩いた。

「すごいわね、このバームクーヘン。すっごくお姉さんっぽいわ」

「「え……？」」

バームクーヘンが、お姉さんっぽい？　フィオランさん？　何言ってますの？

……いや、あれか？　優雅な女性が食べていそうなバームクーヘンだね、って意味か？

バームクーヘン自体が、お姉さんっぽい、って話じゃないよな？

……うん。確認するのも怖いし、深堀りするのはやめておこう。

それにしても、本当に美味そうだな。このバームクーヘン。

「お？　なんだ？　食べないのか？」

「え？　食べていいんですか……？」

オーナーと先輩たちの仲むつまじい会話は聞こえていたけど、俺たちが先に食べ始めるのもな。

こういうのって、年功序列だろ？　帝国なら、実力順か？

どっちにしても、先輩が先だよな。

「いいよ、いいよ。俺たちは気にせず食え。ここのバームクーヘンと珈琲は絶品だからな。牛タンとの相性は忘れるのがベストだ」

苦笑いする先輩たちはそう言って、牛タンを摘まんで口の中に放り込む。

本当に、気さくで話しやすい、いい先輩たちだ。

ここで拒否するのもな。

「それじゃぁ、お言葉に甘えて」

素直にナイフを手に取って、フォークを刺して、小さく切り分けて。

最初は、クリームなしでいいか。

おー、持ち上げただけなのに、いい香りがする。

「……!!」

え？　なんだこれ!?　バームクーヘンが、口の中でしっとりと溶けていく!?　――すげー美味い！

「ふはは。いい顔するねぇ」

とても微笑ましい視線が向けられた。だが、それどころじゃない！

ほのかなバターの香りに、蜂蜜の優しい甘さ。舌で転がすだけで、バームクーヘンが溶けていく。

「……意外に美味しいじゃない」

「味もお姉さんだわ!!」

……そうですね。お姉さんですね。

「あー……珈琲も美味い」

珈琲はびっくりするレベルじゃないけど、心が安らぐいい味だ。

やっぱ、バドラとバスダムルにも教えてやらないと。

三人で食いに来て、『帝国に来て良かった』って喜びを分かち合うしかないな。

「……おかわり」

隣にいたサーラも気に入ったようで、ぺろりと平らげてマスターにおかわりを所望した。

「ぉ？　ちっちゃい嬢ちゃんが一番乗りか。おかわりは任務を終えてからだな。そういう決まりだ」

「……ん。すぐに片付ける。何すればいい？」

……っと、そうだ。警邏部隊の授業。牛タンとバームクーヘンを食べに来たんじゃなかった。

サーラの質問に、マスターのおじさんが答える。

「お前らはそこにいる先輩《ひよっこ》に守られながら、街を回ってきたらいい。詳しくはそいつらに聞いとけ」

「ん」

「二つの班に分けるから、Aランクの面子《メンツ》は分かれろ。先輩《ひよっこ》三人に、訓練生が三人。六人で街を探索だな」

「ん。問題ない」

どうやら、そういう授業らしい。

「ちなみに警邏部隊のトップは、俺っちだ。隊長とでも、オーナーとでも、好きに呼んでくれや」

「……分かりました」

なんとなくだけど、そんな気はしていた。

俺とは違って、マルリアとマイロくんは、欠片もそうは思わなかったらしい。姉弟らしい揃った表情で、オーナーの顔を唖然と見上げている。

そんな二人を横目で見ながら、俺は残りのバームクーヘンを口いっぱいに頬張った。


先輩たちが牛タンを食べ終えるのを待って、外に出る。

「何かあれば、助けに行ってやるから気楽にやってこい。まぁ、何もないと思うがな。ぷははは」

隊長の声に背中を押されて、俺たちは『庶民派髭おやじ』をあとにした。

先輩たちは元から三人一組で動いているらしく、もめる要素はない。サーラも一人。

問題は、俺たちの分け方だ。

「ねぇ、アルトくん。お姉さんは向こうに行ってもいい？」

「僕もサーラさんの方に参加してもいいですか？」

フィオランとマイロくんが、立候補してくれた。

どうにも不思議な組み合わせだが、何か思うところがあるのだろう。

「いいのか？」

「はい。ずっと、サーラさんの強さに興味があったので」

　興味？　マイロくんが？

「姉さんが泣かされて帰ってくる度に、『絶対にサーラに勝ってやるんだから！　可愛い癖に強いなんて！　ぐすん……』って言ってたのが、印象に残ってて――」

「にゅああああああ！　マイロ!!　あんた何言ってんのよ!!　ちっ、違うからね!?　そんなんじゃないわよ！」

　いや、違うも何も、耳まで真っ赤だぞ？　まぁ確かに、サーラを見ていると、色々なものに恵まれてるな、って感じはするけどさ。

「マルリアも与えられた側だろ？」

「ぇ……？」

　可愛くて強い、面倒見もいい。素直になれないのが玉にきずだが、まだ若いからな。

「それって、どぅぃぅ……ぅ、ぅぅん。なっ、なんでも、ない……」

　マルリアがモゴモゴと言った。

「ん？　そうか？」

　ともかく、マイロくんの立場からすると、サーラは、優秀な姉が唯一勝てなかった相手なのだろう。気になるのも当然か。

「それで？　フィオランの方は――」

「ねぇ、サーラちゃん！　あの時みたいに、お姉さん、って呼んでくれないかな⁉　ね！　ちょっとだけ！　ちょっとだけでいいから！」

「……ダメ。わたしに勝てたらって言った」

「ん～！　クールに拒絶する感じもいいわぁ！　アルトくんとも、リリちゃんとも違った可愛さがある！　すっごく、お姉さんになりたい！」

「「……」」

えー、この中に、警邏部隊の人はいませんか？　今目の前で少女誘拐事件が起ころうとしています。彼女が過《あやま》ちを犯す前に、逮捕してやってください。

先輩の一人がフィオランの奇行を見て、不安げに話しかけてきた。

「な、なぁ、リーダーの君。この女性は、なんというか、大丈夫なのかい？　怪しい薬をやっていたりなんかは……」

「いえ。色々と大丈夫ではないのですが、これが通常運転ですので、大丈夫です」

「そっ、そうなんだ……相手も嫌がってはいないみたいだし、仲がいい、ってことで納得しておくよ」

「お気遣い、ありがとうございます」

ほんと、ご迷惑をおかけします。

「本人を前に、こんなことを言うのはアレだけど、ずいぶんと苦労してるんじゃないかい？」

「いえ、根は真面目ないい子ですので。むしろ、助けられてますよ。弓の腕も正確ですし、うちの要《かなめ》ですね」

頻繁に暴走して、おかしくなるけどな。

サーラのことを背中からすっぽりと抱き締めて頬ずりしてるけど、嫌がられてないように見えるし。

その辺りは、色々と見極めてやっているのだろう。知らんけど。

「ってことで、そういうわけだから。サーラ、二人をよろしくな？」

「ん。暑苦しいけど、任せて」

あれ？　顔に出てないだけで、嫌がってた？

……いや、うん。大丈夫だろ。たぶん。

何はともあれ、これで班分けは決まりだな。

「コイツらと東に行くから。お前らはサーラ班と西地区な」

「ういっす」

「了解です」

先輩たちの組み合わせも、ざっくり決まったらしい。

フィオランとマイロくんと別れて、先輩たちの後ろを付いていく。

街はやはり活気があって、すれ違う人たちが、俺たちを見て会釈《えしゃく》してくれた。

「あんれ？　訓練校の生徒さんけ？　頑張られ」

道行く人からそういった声をかけられたのも、一度や二度じゃない。

「今日はなにめんこいが連れとん？」

「優秀な訓練生の子守ですかね。警邏部隊の授業をしてるんですよ」

「ほーん、それはえかった。団子、食べてけ。茶もあんぞ」

「あはは。ありがとうございます」

こんな感じで、差し入れをもらうこともしばしば。

ずっとニコニコしていた先輩が、人通りが少なくなったタイミングで、ほっと息を吐き出していた。

「まぁ、全体的には、こんな感じかな。警邏部隊はこうやって、街を見回るんだ。理由は分かるかな？」

「えっと。怪しい人物を探すためと、犯罪の抑止力としてですか？」

「そう。それに加えて、街の人たちと顔を繋いでおく意味もある」

会話をしている間にも、先輩は人数分の和菓子を差し入れされていた。

甘く煮た梅を求肥《ぎゅうひ》で包んだものらしい。

「時間も押してるし、歩きながら食べるか？」

「……いただきます」

行儀が悪いと思いながらも、パクリと一口……あっ、美味いな、これ。

「こうやって街の人と仲良くなっていれば、いざという時の退避命令に反発されにくくなる。それに、犯人の足取りを教えてもらえたりもするしさ」

「なるほど」

街は平和そうに見えるが、犯罪がゼロになることはないだろう。

敵は人間だけじゃなく、魔物もいる。大型の魔物や敵の軍が迫ってくれば、警邏部隊がメインになって、住民を避難させるわけか。

「オーナーがああやって、店を開いてるのも、街に溶け込んで情報収集するため……なんだけど、まぁ、あの人の場合は、自分の趣味が九割かな」

「ですね。そんな気がします」

ずっと『楽しい店だよな！　そうだよな！』って雰囲気が出てたからな。

そもそも、溶け込む、って言葉は似合わないと思う。珈琲と牛タンですし。

「そんでまぁ、こうやって二時間くらい街を見回って、報告書を出せば終了」

「ずいぶんと短いですね」

「まぁな。その分、いざって時には昼も夜も関係なくなるけどな」

「なるほど」

なんとも帝国らしいホワイトな仕事だ。

他の隊は知らないが、警邏部隊を見ているだけでも、軍人が人気職なのも頷ける。

ほんと、いい職場に拾われたよな。ベラルト少佐には、感謝してもしきれない。

そう思っていると、不安そうな表情をした女性が、近付いてきた。

「ねぇ、警邏さん。最近出た不審者の話、もう知ってます？」

「不審者の話、ですか？」

先輩たちが顔を見合わせて、首を横に振る。そのあとで俺たちにも視線を向けられたが、俺たちが知るはずもない。

「詳しく聞かせてもらっても？」

「えぇ。無人のはずの倉庫の周りを不審者がうろうろしてるんです。それも一人や二人じゃなくて、毎日、違う人がいて……」

女性の話を聞けば聞くほど、不穏な気配が漂ってきた。


『ほぉ～？　無人の倉庫に複数の不審者か……分かった、慎重に調べてくれや。危なそうなら、タマゴどもはこっちに戻せ。いいな？』

「えぇ、理解してますよ」

『ならいい。お前らも気ぃ付けろ』

「了解です」

隊長との通話を終えた先輩が、周囲に目を向けて、ふぅと息を吐く。

街は相変わらず平和で、人々が幸せそうに行き交っていた。

不安を煽らず、秘密裡に、この平和を維持する。

「そんなわけだから、できるだけ自然体で付いてきてくれるかな？」

「今から行くんですか？」

まだ日も高く、情報源は彼女一人。

急ぎすぎている気もする。

「こういうのは、できるだけ早い方がいいからね。誰かが怪我をしてからでは遅いし」

それは、まぁ、そうだろうが……

「服も着替えずに？」

俺たちは訓練校の制服。先輩たちにいたっては、警邏部隊を示す真っ赤な鎧姿だ。

「あー、そっちを気にしていたのか。大丈夫だよ。目立つ格好のまま、普通に行くんだ」

「……えーっと？　普通に行ったら、普通にバレますよね？　その怪しい人たちに」

「そうだね。どっちかって言うと、正体をバラして相手の反応を見るって感じかな。犯罪を諦めてくれれば最良。こっちの出方を警戒してるようなら、軍全体で情報を共有して対処する。そんな流れだよ」

……なるほどね。最小規模の威力偵察、ってことか。

「それに、これだけ目立つ格好をしていたら、向こうから手を出してくることはまずないからね」

それはそうだろう。隠れて何かをしている人間ほど、目立ちたくはないはず。真っ赤な人気者である彼らに、近付きたいとは思わないよな。

まぁ、そうは言っても、一応の備えは必要か。それこそ、何かあってからじゃ遅いしな。

「リリ。念のために、支援魔法を頼めるか？　先輩たちが一緒でも大丈夫だよな？」

「はい！」

「よろしく頼むよ」

連休中もコツコツと訓練を続けていたからな。

魔力量も大幅に増えたし。少しくらい人数が増えたからと言って、失敗するようなこともない。

「ん？　その子は、支援魔法が使えるのかい？」

「えぇ。優秀な魔法使いなんですよ」

問題があるとすれば、会ったばかりの先輩たちがいることなんだが。そっちも大丈夫そうかな。

「どれをかけますか？」

「んー、全員に〈スピードアップ〉かな。行けるか？」

「分かりました！　頑張ります！」

リリは気合いの入った表情でぎゅっと手を握り、杖を伸ばしてくれる。

いつものように俺たちが杖に触れると、先輩たちが不思議そうな目をしていた。

「えっと、あの。杖に触れてもらえますか？」

「ん？　僕たちも？」

「はっ、はい。えっと、えっと……ダメ、ですか？」

「いや、そんなことはないんだけど……」

顔を見合わせた先輩たちが、首を傾げながら、リリの杖に手を伸ばす。

何か、気になることでもあったのか？

俺の方に一歩だけ近付いたリリが、小さく息を吸い込んだ。

「〈スピードアップ〉を起動します」

温かい魔力が流れ込み、いつものように全身が軽くなる。

親しい仲間以外に初めて使ってもらったけど、普通に成功したな。

ほっと胸をなで下ろした俺とは対照的に、先輩たちが大きく目を見開く。

「これは、……すごいね」

「効力も高いが、一度に複数人かけるとは。正規兵でも無理だな」

先輩たちの目から見ても、リリの支援魔法はレベルが高いらしい。

まぁ、あれだ。素質がSランクな上に、努力家だからな。

連休中の特訓もあって、得意の〈スピードアップ〉は補正値が＋10まで支援されるようになっている。他の支援魔法も＋9に上がった。だから、能力が高いことは分かっていたんだが……

「一度に複数人に魔法をかけるのって、珍しいんですか？」

「ん？　知らなかったのかい？　知り合いの正規兵にも、何人か優秀な支援魔法持ちがいるけどね。かけられる対象は、みんな一人が限界だよ」

なるほど。現状でも、優秀な正規兵以上ってことか。さすがは、リリだな。

納得する俺とは違い、リリは不思議そうな顔を先輩たちに向けていた。

「えっと、えっと。支援魔法の本に『杖を使えばできる』って書いてあったのですが……」

「ん……？　あー、うん。熟練の魔道師ならできるって聞くね。本にもやり方くらいは、書いてあると思うよ。けどやっぱり、普通は無理かな」

あははー、と肩をすくめる先輩たち。結構すごいことらしい。

俺の記憶が確かなら、『本に書いてあったから、試してみたいです』ってリリが言って、やってみたら普通にできたよな？　一発で。

……さすがは、Sランク。無自覚っぽいところが余計にやばい。

「えっと、リリ君だったかな？　その力は、信頼できる仲間以外には、知られない方がいいと思うよ」

「え……？」

「最大で何人にかけられるのかは分からないけど。現状でも、卒業後の進路を巡って、全ての隊で取り合いになるレベルだからね。下手に知られると、周囲が騒がしくなるよ」

「とりあいで、さわがしく……」

「毎日のように、勧誘の手紙が届くんじゃないかな？」

確かに、そうなりそうだ。

周囲を強くする力だから使い勝手がいいし、複数人にかけられるのは異常らしいし。卒業までに、まだまだ伸びるはずだし。

仲間にできるものなら、是が非でも、って思うよな。

「えっと、あの、ご忠告、ありがとうございます。今の生活が好きなので、気を付けるようにします」

リリは戸惑いながらも大きく頭を下げたかと思えば、嬉しそうに俺の方を向く。

握り締めていた杖が俺の手に触れた。

（アルト様とお揃いですね！　実力秘密仲間です！）

彼女は心の声でそう言って、嬉しそうに笑った。

いや、リリが笑ってくれるのはいいことなんだが、実力秘密仲間って嬉しいのか？　日陰者の集まりみたいじゃないか？　根暗の集団というか、世間から弾き出された集団というか……

いや、まぁ『アルト様と一緒はイヤです！　訂正してください！』なんて言われるよりは、よっぽどいいけどさ。

そんなことを言われたら、普通に泣くぞ？

「アルト様？」

「ん？」

「大丈夫ですか？　なんだか、辛そうに見えますが」

おっと、後ろ向きな考えをしていたのが顔に出てたかな。大丈夫、大丈夫。リリは、そんなことを言う子じゃないし……たぶん。

「リリの頑張りが認められてよかったな、って思ってさ。まぁ、あれかな。感動していたんだよ」

誤魔化す感じになってしまったが、『ずっと最後尾を走っていたリリが、今じゃこんなに……』って思うと、色々と込み上げてくるものがあるのは確かだ。

娘の成長を喜ぶ、親の心境？　俺が育てたなんて言えるわけもないから、親戚のおじさんが妥当か。

どちらにせよ、本当によかった。

「えっと、えっと、ありがとうございます！　アルト様のおかげですね！」

そういつも言ってくれるけど、俺はただ、鑑定で素質を見ただけだからな。

素直で努力家なリリなら、自分でも辿り着けた気もする。

そう思っていると、先輩たちが優しい視線を向けていた。

「聞き忘れていたけど、装備の準備は大丈夫かな？」

「えぇ、問題ないですよ。複雑な武器を使う者はいないので」

念のために、とリリとマルリアに視線を向ける。

『大丈夫です！』

『当たり前じゃない。私を誰だと思っているのよ』

二人はそんな感じの笑みを見せてくれた。

強いて言えば、弓の張り具合を確かめるべきタイミングなんだが……フィオランはサーラ組だし、今は関係ない。

あとは、不審者の出方を見てから。

今できることは、もうないな。

「それじゃぁ、行こうか」

「分かりました」

大きく息を吸い込んで、気を引き締める。

変わらない街並みに目を向けて、赤い鎧をゆっくりと追いかけていく。

リリもマルリアも表情が強張っているように見えるが、それは俺もだろうな。

「おっ？　あんちゃんたち。今日も見回りかい？　せいがでるねぇ！」

「ありがとうございます。おじさんも元気そうですね」

「あったりめぇよぉ！　何せ、元気しか取り柄がねぇからな」

すれ違ったおじさんの、かははは、という笑い声を聞きながら、ゆっくりと歩いていく。

さっきまでと変わらない感じで。できるだけ自然に。普段通りに……

そう思っている時点で、普段通りではないのだろうが、できることはやらないと……

「三人とも。そんなに緊張しなくても大丈夫だよ。ちらりと見るだけだからさ」

「……はい。すみません」

「謝らなくてもいいけどね。気持ちは分かるからさ」

街並みや行き交う人々の表情は変わらないはずなのに、押し潰されそうな気さえするのは、何故だ？　冷静になるために、周囲の全てを鑑定するか？

全ては言いすぎだとしても、何かを鑑定すれば、少なからず落ち着くしな。

だが、ここで下手な騒ぎを起こしたら最悪だ。

「魔物が出る森に行く方が、まだ気が楽ですね」

気を紛らわせるために、先輩にそう話しかけてみる。

そういえば、マルリアたちと通り魔を探した時にも同じことを思った。相手が人間だと、その知能を警戒しなければならないからか、それとも慣れ、不慣れ、の問題なのか……

「安心していいよ。街の構造は知り尽くしてるからね。強力な支援魔法ももらったしさ。逃げるだけなら問題ないよ」

「……そうですね。その時は、頼りにさせてもらいます」

「おっ、嬉しいね。もしそうなったら、先輩の偉大さを優秀な後輩たちに教えてあげないとな」

軽口を叩き合いながら、不安を心の奥底に押し込んでいく。

通り魔の時とは違う。戦う必要はないはず。そう自分に言い聞かせる。

――そんな矢先のこと。

「みにゃっ！」

不意に、背後から衝撃を受けた。

後ろを振り向いた先に見えたのは、両手で鼻を押さえるマルリアの姿。

「何よ。突然、立ち止まらないでよね！」

「……いや、そうは言ってもさ」

俺たちの前を四台の馬車が、ゆっくりと通り過ぎていく。

どう考えても進めない。隣にいる先輩たちもリリも、足を止めていた。

「止まるしかなかったんだ」

「……そう、みたい。ごめんなさい」

なんだろう？　どうにもマルリアらしくないな。考え事でもしていたのか？

マルリアは俺から視線を逸らし、緩いサイドテールを揺らして顔を俯かせる。

何かを決意したように俺の顔を見上げ、愛用のポシェットに手を伸ばして、がま口をパチンと開いた。そして何故か、頬を赤らめる。

がま口を閉じて、開いて、また閉じて。

「……どうした？」

「にゅぁ!?　……なっ、なんでも、ない」

「そうか？」

どう見ても、なんでもない、って感じではないけどな。でも、まぁ、本人がそう言うのなら……

マルリアはしばらく何かをためらっていたが、やがて決意したように大きく息を吸い込み、ポシエットの中にごそごそと手を入れた。

「アルト、リリ、……これを、持ってなさい」

見せてくれたのは、見覚えのある金色のブローチ。

三連休中にマルリアが作っていたものだ。

「幸運のお守りの失敗作よ。あんたたちにあげるわ。気休めにしかならないけど、感謝しなさいよね！」

そうは言うけど、何度も試行錯誤を繰り返す姿を隣で見ていたからな。

葉っぱを模した形も、ひときわ綺麗に見える。出来のよかったものを持ってきてくれたのだろう。

「ありがとう。大切にするよ」

「しっ、しなくていいわよ!!　それは失敗作なの！　……もっと効果があるものを、すぐに作れるようになるんだから」

「そっか。分かったよ」

まだまだ上がある。だから失敗作ということか。

そうは言っても、マルリアが丹誠込めて作ったものだからな。

「戦闘になってもなくさないような場所に着けてくれないか？」

「私もお願いします！」

「……しょうがないわね。こっち向きなさい」

マルリアは嬉しそうに頬を染め、心臓を守るように、服にブローチを着けてくれる。

「リリは可愛いけど、アルトの方は、まぁまぁね。でもまぁ、ほんのちょっとだけ格好良く見える気が、しないでもないわよ？」

「そっか、それはよかった」

そう言って笑いながら、俺はマルリアの髪をぽんぽんとした。

意識を向けなければ分からないほどの微量な魔力が、ブローチの中に流れた気がした。


大通りを抜けて小道に入り、静かな住宅街をゆっくりと進んでいく。

「あれが例の倉庫だよ」

小声でそう話しかけられて、曲がり角の向こうに視線を向けた。

遠くに見えたのは、赤いレンガが積み上げられた、二階建ての大きな建造物。

予想以上に大きく、高い塀や門、広い庭まである。

「倉庫というよりは……お金持ちの屋敷？」

そんな感じに見える。

「ん？　あぁ、知らなかったんだね。倉庫として使われたのは、最近になってからのことでね。建物自体は百年くらい前に建てられた貴族の屋敷、って話だよ」

「あー……確かに、それらしい風格があるように見えますね」

色々とボロいが、貴族の屋敷って言われると、確かにそれらしく見える。

帝国が実力主義じゃなかった時代の建物、ってことか。

「少し前までは、隠れた観光名所だったんだ。だけど、老朽化で使われなくなってからは、来る人も減ったかな」

そんな言葉を受けて、ちらりと振り返る。リリもマルリアも、うんうん、と首を縦に振っていた。

帝都じゃそれなりに有名な建物らしい。

「倉庫になる前は大手の銀行だった時期もあるから。近所のお年寄りはそっちで覚えているかな」

「なるほど」

屋敷、銀行、倉庫、ねぇ……

「なんか、こう。聞けば聞くほど、怪しい気配がしますね」

「だよね。俺もそう思うよ」

元々が貴族の屋敷なら、メイドや執事なんかが、数え切れないほど住んでいたはずだ。

銀行や倉庫として使われていた建物なら、大量の物資を運び込めるように改造されているはず。

建物自体が赤くて目立つ点だけは気になるが、集団が根城にするには最適だと思う。

「それに加えて、不審者の目撃証言ねぇ……」

どう考えても、怪しいな。

そう思っていると、先輩が足を止めて振り向いた。

「ここから先は、大声を出さないこと。報告などは、倉庫を離れてから聞くから。いいね？」

真剣な先輩の声に大きく頷いて、軽く息を整える。

かと思えば先輩は表情を緩め、何故か俺の肩を軽く叩いて隣に並んだ。

「どう？　警邏にはなれた？」

「え……？」

声が少しだけ大きくなった。世間話を合わせろ、ってことか？

「そうですね。なんとなくですが、理解はしました。でも、こんな裏道まで来るとは思いませんでしたね」

できるだけ普段通りの声で。違和感がないように。話す内容も、不自然じゃないように。

そう意識しながら、先輩と歩いていく。

後ろにリリたちがいて、最後尾が残りの先輩二人か。

いざという時は護ってくれる。その言葉に嘘はなさそうだ。

「帝都全体を見るようにしているんだけどね。人が多い場所の方が、事件も多くなるからさ。どうしても、そっちに目が向くんだよ」

「警邏部隊の人数も、無尽蔵じゃないですからね」

「そういうこと」

門の前に立ち入り禁止の看板が立っている。だが、それだけだ。中には普通に入れそうだな。

窓には木の板が打ちつけてあって、中の様子を直接見るのは無理みたいだ。

鑑定で中の様子を確認するか？

……いや、先輩の指示に従って、大人しくする方が無難だろう。

「そういえば、警邏部隊って何人――」

いるんですか？　そう言葉を続けようとして、思わず体が強張った。

腹の奥底から、気持ち悪さがせり上がってくる。

――やばい！　何か、やばいものが近付いてくる！　気持ちの悪い気配がする！

感じるのは、倉庫の中からか!!

倉庫が近いとか、バレるとか、そんなことを気にしてる場合じゃない！

得体の知れない気持ち悪さが、這い上がってくる。額から汗が噴き出して、鼓動が速くなる。

「全員、物陰に！」

「「!!」」

奇妙な不快感を覚えながら、慌てて建物の陰に身を潜める。

全員が固唾《かたず》を呑んで見つめる先に現れたのは、宙に浮く黒い玉。倉庫の入口から現れたそれは、ゆっくりと動いているように見える。

倉庫の入口から庭へ。そこから門のある方へ。

このまま外に出るつもりか？

小声で先輩に話しかける。

（先輩、あれは？）

（申し訳ないが、分からないな）

（そうですか……）

リリたちにも視線を向けたが、首を横に振っている。

魔法によるものなのか、生き物なのか、それとも機械なのか。危険なものだと思うのだが、分かるのはそれだけだ。

このままでは埒《らち》が明かないと、大きく息を吸い込んで、黒い玉に魔力を向ける。

バレるなよと願いながら、鑑定を仕掛けていく。

だが、鑑定結果は見えず。黒い布と同じように、手応えがない。

（蛇の化物と同じだな）

そう呟いた俺の声に、リリとマルリアが息を呑む。

黒い玉は、ゆらゆらと浮いたまま倉庫の庭を抜け、道に沿うように動いていた。

ゆっくりとした速度のまま、倉庫の裏に続く細い道へと入っていく。

（……どうしますか？）

（追いかけて様子を見るしかないな。君たちはどうする？）

（許可をもらえるのなら、行くつもりです）

得体の知れない案件に自ら飛び込むのは気が進まないが、このまま放置する方が危険だろう。

リリとマルリアに視線を向けたが、彼女たちも同意見のようだ。

軽く目を閉じて気合いを入れ直す。そんな俺たちを後目に、先輩が端末を耳に当てた。

『死の気配を放つ黒い玉を発見しました。隠れて追跡し、敵の正体と目的を探ります。周囲の封鎖と増援を要請します』

『……分かった。訓練生たちはどうするつもりだ？』

『本人たちの意向もあり、そのまま同行してもらいます』

『そうか。最速での増援要請をする。無理はするんじゃねぇぞ』

『心得てますよ』

端末を仕舞い終えた先輩と顔を見合わせて、軽く頷く。

ここへ来た時と同じ順番で隊列を組み、黒い玉を追いかけていく。

黒い玉の動きに変化はない。そのまま道に沿うように、ゆっくりと進んでいるようだ。

俺たちの追跡はバレていないと思う。

（この先には何が？）

（小さな倉庫街があるだけだと記憶しているよ。昼間でも滅多に人が通らない通路に、昔ながらの倉庫がひしめき合っているね）

（つまりは、何者かが潜伏するには打ってつけ。そういうことですか……）

細い道が大きな道に変わっても、黒い玉は止まりそうもない。

改めて周囲を見渡したが、確かに民家はないな。先輩が言うように、倉庫らしき建物ばかりが軒を連ねており、その半数が使われなくなって久しいように見える。

（アルト様！）

不意に聞こえたリリの声に、慌てて黒い玉に視線を戻す。

見えたのは、淡い光に包まれた黒い玉と、地面に浮かぶ赤い模様。

【名　前】召喚の魔法陣
【ランク】A
【価　格】測定不能
【補　足】生贄の数に応じた強さの魔物を呼び寄せる。

鑑定結果を見なくても分かる！　どう考えてもヤバい！

「先輩！」

――あの魔法陣の破壊を！

そう叫ぼうとしたが、声を発する前に黒い玉が強烈な光を放った。

「くっ――！」

視界が奪われ、思わず目を閉じる。

次第に光が収まり、どうにか目を開けた先に見えたのは、道路に伏せる狼の姿。

体の大きな個体が一体。小さな個体が八体。

合計九体もの黒い狼が、コンクリートの上に立ち、鼻先を空に向けていた。

「「アオーン！」」

鋭い牙を剥き出しにして、狼たちが一斉に吠える。

口を閉じて道をふさぐように広がり、俺たちの方に鋭い視線を向けていた。

黒い玉は見当たらない。

ぐるぐるという鈍《にぶ》い唸り声が聞こえ、突き刺すような殺気が降り注ぐ。

「完全にバレてるな。このまま放置もできない。三人は後ろで援護を！　バスタ！　ナイド！」

「おう！」

「ま、やるしかないよね」

阿吽《あうん》の呼吸とでも言うべきか。先輩たちがそれぞれの武器を構えて、建物の陰から飛び出していく。

俺たちも慌てて武器を引き抜き、その背中を追いかけた。

「気付かれるほどの気配は出してなかったんだがな。狼の鼻か？」

「あり得るな。ま、深く考えても仕方ねぇ。何もかもが予想外だ」

「……そうだな」

先輩たちの言う通り、黒い玉が狼を召喚するなんて、予想できるはずもない。

だが、黒い玉が相手だった時とは、少しだけ状況が違う。

【名　前】悪魔の使い

【ランク】C

【補　足】？により召喚された使い魔。主の指示で動き、斬撃系の魔法を使用する。

黒い狼のうちの八体だけは、鑑定ができる！

「敵は獣ではなく、使い魔です！　なので、組織的に動く可能性が高い！　斬撃系統の魔法にも注意を！」

「「!!」」

俺の言葉に、先輩たちは思わずと言った様子で足を止め、一斉にこちらを振り向く。

「君は何故――」

そう言いかけたが、驚きの表情を浮かべながらも小さく頭を振る。そして再び、前を向いた。

「いや、忘れてくれ。つまり、狼たちには何かしらの目的があるということか？」

「いえ、そこまでは分かりません。ですが、食料を求める獣とは根本が違うことだけは確かです」

足を止めた先に見えるのは、こちらを待ち構えるように広がる狼たちの姿。俺たちに襲いかかるでもなく、逃げ出すわけでもない。

大きな個体を一番後ろに配置する形でＶ字に広がり、いつの間にか、俺たちを迎え撃つための陣を敷いていた。

「……なるほど。確かに獣らしくないね」

ジリジリと迫る狼たちに合わせる形で、先輩たちも動いていく。

バスタさんとナイドさんがＶ字の両端を押さえるように左右に分かれ、中央に残った先輩が、力強く剣を握り締めた。

「申し訳ないが、取り逃しを頼むよ！」

「分かりました！」

俺たちにとって怖いのは、狼たちがこの場から解き放たれること。

倉庫街に逃げるのならまだ許容できるが、俺たちの背後には住宅街がある。

魔法陣の鑑定結果に『生贄の数に応じた強さの魔物を呼び寄せる』とあった。犠牲者が増えれば、事態はより悪くなる可能性が高い。

それに何より、こんな俺を受け入れてくれたこの街を危険にさらすわけにはいかない。

ジリジリとした空気が流れる中で、先輩が地面を強く蹴る。

V字の中に入り込む先で、大きな個体が、ニヤリと笑ったように見えた。

「アオーン」

その声に合わせて、狼たちが一斉に走りだす。

V字の端にいた狼が先輩の背後に回り込み、一瞬で取り囲む。

大きな個体を除く八体全てが、先輩に牙を向けていた。

前後左右に四体。その隙間を埋めるように、残る四体も地面を強く蹴り飛びかかる。

「アルト様！」

「ちょっと、あれ、やばいんじゃないの⁉」

「――バスタ！　ナイド！」

「おう！」

「りょーかい」

焦りを滲ませるマルリアたちの言葉を遮るように、先輩が剣を手放す。懐に手を入れ、小さな石を取り出した。

檻の魔道具。

鑑定結果にそう記された石を守るように、先輩がうずくまる。

「頼むぜ！」

先輩の体から魔力が溢れ、石に吸い込まれていく。そして気が付くと、先輩の周囲を銀色の檻が覆っていた。

「――ギャン!?」

狼たちの牙や爪が檻に触れ、動きを止める。その隙を見逃さず、先輩たちが斬り込んだ。

「おらよ！」

「隙だらけですね」

狼たちの首を切り落とし、返す刀で別の個体を切り伏せる。

合計四体の首が落ち、大きな個体を除けば残り半分。

生き残った狼たちが、先輩たちに背を向けた。

「でかい奴もこのまま仕留めるぞ！」

檻を消した先輩が、地面に落とした剣を再び握り締める。

「アルト准尉！　キミたちも――」

「いえ！　退いてください！　リリたちは、左右に分かれて道の端に！」

イヤな気配を感じた俺は、先輩の言葉を遮り、慌てて地面を蹴った。短剣を握り締めて、先輩たちのもとへ走っていく。

背後からはリリたちが走りだした音が聞こえるが、先輩たちは、そのまま動けずにいる。

「大きな個体に魔力が集まっています！」

それも、尋常じゃないほどに。

現状から判断すると、狼たちの逃げは、罠の可能性が高いように思う。

「それに——全員、横へ！」

「「!!」」

大きな狼から魔力が溢れだし、右の前足が大きく持ち上げられた。

爪の先に魔力が集まり、勢いよく振り下ろされる。

慌てて横に飛び、地面を転がった俺の横を、見えない何かが通り過ぎていく。

「くっ——！」

飛び起きた先に見えたのは、地面を深くえぐった五本の線。

俺の身長よりも深く掘られた溝が、はるか後方まで続いている。

鑑定結果にあった斬撃魔法だとは思うが、予想以上の威力だ。掠《かす》めただけでも怪我では済まないだろう。

「リリ、マルリア！　目の前の敵を！」

そう叫びながら、さらに駆けていく。

先輩たちも俺と同じように魔法を避けてはいたが、どう見ても旗色が悪い。

「くっ――！」

斬撃魔法を避けて体勢を崩した先輩たちに、反転した狼たちが襲いかかっている。

初回の襲撃時よりも速く、殺気も鋭い。

そんな中で、先輩たちに追い付いた俺は、先輩たちの背後に忍び寄る二体の狼を蹴り飛ばした。

「なっ!?　後ろだと!?」

「こいつら、どこから!?」

愛用の短剣で、一体の首を切り落とし、先輩を追い越す。

向かってくる狼の鼻を蹴り、喉を切り裂いた。

その狼が力なく地に倒れ、動かなくなる。だが、切り裂いた喉が、ゆっくりと再生していた。

「……そういうことか」

頭を切り落としても、時間が経てば動き出す。

生命力や魔力が見えない時点でイヤな予感があったのだが、当たってしまったらしい。

「一度退きます。いいですね？」

「ああ、済まない」

「いえ」

バスタさんが右、ナイドさんが左。正面から来る狼を先輩が切り伏せながらゆっくりと下がっていく。

　ほんの少しだけ離れた場所では、リリとマルリアそれぞれが、別の狼と対峙していた。

「二人とも、無理に倒さなくていい。一撃を与えて距離を取る。できるか？」

「はい！」

「当たり前じゃない！」

　俺の指示を受けて、杖を握り直したリリが、大きく後ろに跳ぶ。

　その動きにつられるように、狼が突っ込んだ。

「〈パワーアップ〉を起動します！」

　杖の先が地面すれすれまで下がり、リリが右足を前に出す。それと同時に、杖が勢いよく振り上げられた。

「倒れてください！」

　威勢のいい声と共に、リリが杖を振り抜く。

　杖の腹が狼の胸から顎を捉え、狼の体が持ち上がる。そのまま放物線を描くように、狼の体が宙を舞った。

「……やりました！」

　予想以上に飛んでいった狼を眺めて、リリが嬉しそうに笑った。

　続いて、マルリアががま口のポシェットをパチンと開く。

「そんなに強くないし、お試しにはちょうどいい相手よね」

ふわりと笑いながら取り出したのは、真新しいロープ。

先端で輪っかを作りながら、向かってくる狼目掛けて投げつけた。

「大人しくしてなさい！」

マルリアの狙い通りに輪っかが狼の首にかかり、その首をぎゅっと締め上げる。

近くにあった柵にロープの逆側を縛り付けたマルリアは、その場から慌てて距離を取った。

「ガルルルルル」

ロープがぴんと張り、狼が唸り声を上げる。

柵とロープがギシギシと音を立てるが、そう簡単には抜け出せそうにない。

狼がロープに噛みつくものの、その表面がほつれるだけだ。

「本当に強くなるんだ……」

信じられないものでも見るように、マルリアが動けずにいる狼を見つめる。

連休中に、俺のアドバイスに従って自分で作った、自分専用のロープ。

市販のものと比べて扱いやすく、ありえないほど丈夫だ。

「本当に、才能、あるのかも……さすがは私よね！」

マルリアはほっとした表情を浮かべ、嬉しそうに胸を張っていた。

俺はそれぞれの敵から距離を取った二人と合流して、狼たちと睨み合う。

狼たちも大きな個体の周囲にまで退いており、襲いかかってくるような気配はない。

俺たちを脅威だと認識したのか、ただの気紛れなのか。どちらにしても、このまま睨み合いを続けていれば増援が来る。

そう思っていると、先輩に与えられた端末から、隊長の声が聞こえてきた。

『帝都の内部で、多数の魔物が目撃された。合計十二箇所。増援は厳しいかもしれん。そちらの状況は？』

「「!!」」

状況は、かなり悪いらしい。

隊長の声にも、焦りの色が混じっているように感じる。

「現在、魔物九体と対峙中。敵は再生能力持ち。現状維持は可能です」

『分かった。すまんがそのまま耐えてくれ。時間経過で数が増える魔物を優先する』

「……分かりました」

増える魔物、そんなのがいるのか。確かにそちらの方が厄介だろう。

隊長の声が消え、周囲に静寂が戻る。その静寂を切り裂くように、人々が逃げ惑う悲鳴のようなものが、四方から聞こえてきた。

「どうやら、敵と顔を見合わせている場合ではないようですね」

「……あぁ、そのようだね」

隊長の要請は現状維持だが、時間経過で優位になるとは限らなくなった。

できるのであれば、すぐにでもこの場を片付けて、俺たちが増援に回るべきだろう。

「アルト准尉。キミは、あいつらの倒し方に心当たりがあるのかい？」

「えぇ。確証はありませんが、試す価値がある程度のものはあります」

俺一人ならまだしも、今はリリや先輩たちの命が懸かっている。そんな中で無謀なことをするつもりはない。だが……

「もしこちらから仕掛けるのであれば、体力や気力がある今のうちです」

そんな思いと共に、声かけや差し入れをくれた人々の顔が思い浮かぶ。

周囲から聞こえる叫び声は、時間と共に大きくなっているように感じる。

戦う者の声ではなく、逃げ惑う者の声だ。

詳しい状況を知ることはできないが、一般人が巻き込まれているのは間違いない。

「訓練生の二人もそうだが、特にキミは優秀すぎて怖いくらいだよ。その心当たりを聞かせてもらえるかな？」

「分かりました」

小さく頷いて、リリとマルリアに視線を向ける。

彼女たちもすでに覚悟を決めていたのか、迷いのない目で頷いた。

「先にも言いましたが、アイツらは使い魔です。なので、親玉、もしくは飼い主がいる可能性が高い」

鑑定結果にも『主の指示で動く』とあるため、この前提は間違いないと思う。だとすれば——

「その親玉を倒せば、使い魔も消える。そういうことだね？」

「えぇ。何かしらの変化はあるはずです」

動かなくなるのか、再生しなくなるのか。先輩が言うように、消え去るのか。

試す価値はあると思う。

「問題なのは、その親玉がここにいない可能性もあること」

「なるほどね。だけど、いる前提で試してみる。そういう話か……」

納得したような表情で、先輩が頷く。そしてその目を大きな個体に向けた。

「再生する使い魔を掻い潜って、ボスを倒す。他の場所にいる魔物たちのボスが、こいつの可能性だってあるわけか。もしそうなら、余計に時間はかけられないね」

ふぅー……と大きく息を吐いた先輩が、隣の二人に目を向ける。

「バスタ、ナイド。いいよな？」

「無論だ」

「まぁ、現状じゃ仕方ないよね」

気合いを入れ直すように武器を握り直しながら、先輩たちが一歩だけ前に出る。そして何故か、先輩が振り向いた。

「アルト准尉。申し訳ないのだが、我々の指揮をキミに任せたい」

「え……？」

思わず目を見開く俺を後目に、先輩が肩をすくめる。

「どう見ても、実力はキミの方が上だからね。リリ君もマルリア君も、僕らよりも強いと感じたよ」

「それは……」

確かに、そうだと思う。

決して、先輩たちが弱いわけじゃない。それでもやはり、危機に対しての初動が違って見える。

これは、蛇の化物と戦った者とそうではない者の違いだろう。

「まずは僕たちが雑魚《ざこ》を引き付けて、道を作るよ。そこからはキミの指示で、ボスを倒す。それでどうかな？」

先輩たちとは、出会ってまだ数時間。

即席で連携するよりは、リリたちと三人でボスと戦う方がいい。それを見越しての提案だろう。

「……分かりました」

先輩たちのプライドを傷付けるようで申し訳ないが、それが最善なのも確かだ。だが、

「それじゃぁ、始めようか」

「いえ、一つ訂正させてください」

狼の群れに今にも斬りかかろうとしていた先輩に待ったをかける。

「――あの大きな個体が親玉である可能性は低いです」

「なっ……？」

思わずと言った様子で先輩たちが振り向く。

リリやマルリアも、大きく目を見開いているな。

「どうも、本当の親玉を隠すために堂々としているようにしか見えません」

一番の根拠は、鑑定が効くこと。あの大きな個体も、Cランクの使い魔だ。

鑑定が効かない一体は、他の個体に紛れるように動いている。

「一番怪しいのは、アイツです」

その一体を指差すが、先輩たちは不思議そうに首を傾げるばかりだ。

大きさも、毛並みも、雰囲気も。何一つとして、他の狼と変わらない。

俺も鑑定が使えなければ、見逃していると思う。

「観察した結果、大きな個体が声を出すのは、アイツが尻尾を横に振った時でした。そして何よりも、アイツだけが俺たちの攻撃を受けていません」

無論これらも、鑑定が効かないから見ていて気が付いたことだ。

俺の言葉を受けて、リリとマルリアが構えの方向を変える。

「さすがはアルト様です！」

「ほんと、相変わらずよね」

騙されてましたとばかりに苦笑いを浮かべた二人が、表情を引き締める。

その一方で、先輩たちは戸惑っている様子だ。

「……申し訳ないのだが、にわかには信じがたいな」

「まぁ、そうですよね」

こちらも鑑定魔法を隠して伝えている。こればかりは仕方のない話だ。

――そう思っていた矢先、

「へぇ～、俺様に気付いたのか」

不意に、誰かの声がした。

鑑定の効かない狼が、ニヤリと口元をゆがめて、周囲に魔力を広げていく。

「なっ――!?」

狼が人の言葉を話した!?

「生贄にしては、頭がいいみたいだな。誉めてやるよ」

にわかには信じがたいが、どう見ても狼が人の言葉を話している。

いや、今はそんなことよりも、広がる魔力だ！

「何かしらの攻撃が来ます！　注意を！」

鑑定が効かず、敵の手のうちが見えない。

今は、敵から距離を取るべきだ。相手の出方を窺い、それから反撃をする。それが最善だろう。

そんなことを思いながら大きく後ろへ跳んだ俺の視界の先で、狼たちがゆっくりと動きだしていた。

大きなものと鑑定できないものを含めた五体の狼が、一塊になっていく。

「なっ……仲間を取り込んだ、のか？」

「くひひ、半分正解だぜ？」

体を何倍にも膨らませた狼が、楽しそうに笑みを漏らす。

全長は、元の四倍ほど。前足から頭の先までが、俺たちの身長の倍はある。

「さてと、遊んでくれるんだろ？」

くひひ、と笑い声を上げた狼が、牙を剥いて地面を蹴った。

「くっ――！」

小さかった頃とは、比べ物にならないほどの速度と威圧を感じながら、愛用の短剣を握り締める。

「まずは回避を！」

反撃ができるような速度ではない。

そう感じた俺の前で、狼が速度を緩めて地面を蹴った。

「なっ――!?」

狼の体が地面を離れ、俺たちの頭に影が落ちる。頭上に見えたのは、巨大な狼の腹。

驚く俺たちを後目に、狼は、はるか後方に着地した。

「ざーんねーん。遊ぶのはまた今度ってことで。どーしても、って言うのなら追いかけてきてもいいぜ？」

俺たちをおちょくるように、狼が尻尾をパタパタと揺らす。その仕草に、ヒヤリとした感覚が背筋を駆け抜けた。

「後ろだ！」

合体して大きくなった狼に気を取られているうちに、残りの四体が迫っている。

慌てて周囲に目を向けた先輩たちが、狼の爪をギリギリのところで避ける。

「本当にやっかいな相手よね！」

「倒れてください！」

そこにマルリアとリリが斬り込み、残る二体を俺が蹴り飛ばした。

「……すまない、また助けられた」

「いえ。今のは本当にたまたまなので」

先ほどまでと違って、狼たちは足音一つ立てなかった。

気付けたのは、敵の尻尾が揺れたおかげ。何もなければ、無防備なところを後ろから襲われていただろう。

「つまんねーな。せっかくここまでお膳立てしてやったのによー」

しらけたとばかりに、狼が鼻を鳴らす。

目立つ個体を用意した上での陽動作戦。自分を罠に使った奇襲。

そのどちらも、強者であるはずの自分をまったく活かそうとしていない。

「一つ聞きたいんだが、お前自身が攻撃して来ないのは何故だ？」

「あん？　そんなもん面白くねーからだよ。人生楽しまなきゃ損だろ？」

「……そうだな」

言動を見る限りだが、何者かの命令を受けているようには見えない。

奴が親玉なのは間違いないだろう。

――そう思った矢先、奴の体に、魔力が集まっている感覚があった。

斬撃魔法！　そんな文字が頭を過るが、どうにも雰囲気が違う。

「後ろか！」

鑑定魔法が引っかかったのは、俺たちを挟んだ反対側。

狼たちが陣を敷いていた場所に、召喚の魔法陣が浮かび上がっている。

「くっ――!!」

何かをしようにも、距離がありすぎる。

魔法陣が強い光を放ち、八体の黒い狼が姿を見せた。

「さてと。俺様はもう行くぜ？　お前らはそこで遊んでな」

そんな言葉と共に、鑑定の効かない狼が俺たちに背を向ける。その先にあるのは、人々が行き交う大通りや住宅街。

「アルト様！　狼たちが！」

慌てて追いかけようとした俺を、リリとマルリアが呼び止める。

振り向いた先に見えたのは、二体に分裂する狼の姿。

「放置すると増えるぜ？　せいぜい楽しんでくれや」

くひひ、と笑った狼が、小走り程度の速度で離れていく。

逆方向からは、大量の狼が一斉に迫ってきていた。

「リリ！　ルルベール教官に緊急の連絡を！」

「はい！」

どう考えても、俺たちだけで対処できる状況じゃない。

「あいつはひとまず放置します！　今はこの場の対処をするしかない！」

「むかつくけど、それしかないわよね！」

足を止めて、短剣を構える。

焦る気持ちを抑えるように息を吐いた俺の横を、先輩たちが追い抜いた。

「なっ――!?」

「キミには、あの化物の対処を頼みたい」

「復活も魔法も、こいつらの特技は見たからね」

「三人で問題ないな」

足を止めることなく狼たちの中に駆け込み、三人が剣を振る。

二十四対三。敵の首を斬り落としても、数の差は埋まらない。

口では強気な言葉を放ってはいるが、先輩たちだけでは厳しい戦いになるのは間違いない。

「あの化物とは戦わずに、監視をするだけでいいんだ。頼まれてくれないかな?」

「悔しいが、俺たちは弱い。キミたちが適任だ。申し訳なく思う」

狼の爪をギリギリで避けて、剣を振る。

互いに背中を預けているが、小さなキズが付き始めていた。

「……分かりました。先輩たちも無理だけはしないでください」

「ありがとう。頼んだよ」

満足そうに微笑んだ先輩たちに背を向ける。

通りを進む狼は、速度を変えることなく歩いているようだ。

「二人はどうする?」

マルリアとリリにそう尋ねた。監視や足止めであれば、一人でもできる。だが、付いてきてくれた方が心強いのは間違いない。

「聞く必要なんてないじゃない」

「アルト様と一緒に行きます！」

二人を危険な目に遭わせたくはないが、優先すべきは、彼女たちの意思だろう。

「分かった。手助けを頼むよ」

「はい！」

「任せておきなさい」

チラリとだけ先輩たちの様子を流し見て、狼の背中を追いかける。

大きな体ゆえに見失うことはないと思うが、早めに追い付きたい。そう思っていたのだが……

「ねぇ、あの狼。見るからに速度を落としたわよね？」

「あぁ。間違いないな」

こちらを振り返ることこそないが、明らかに進むスピードが落ちた。

俺たちを罠へと誘っているのか、それとも遊んでいるだけなのか。

どちらにしても、距離が縮んでいるのは確かだ。

「リリ、教官は？」

「ダメみたいです。警邏部隊の隊長も繋がりません」

「そっか。ありがとう」

どちらも手が離せない状況にあるわけか。そう思った矢先、リリが小さく目を見開いた。

「来ました！　ルルベール教官からです！」

狼を追いかけながら、リリが端末を操作する。聞こえてきたのは、風切り音と馴染みのある教官の声。

『すまんが、少々厄介な敵と戦っておってな。何があった』

教官の周囲からは、剣で肉を斬り裂くような音や、戦場を思わせる叫び声が聞こえていた。

どうやら今も戦闘中らしい。

あの教官が、少しだけ息を切らしているように聞こえる。

「人語を話し、魔物を召喚する狼を追跡中です。こちらの戦力は、部下二名と私のみ。指示を願います」

本音を言えば、今すぐにでも教官に来てもらいたい。だが、戦闘中であれば、それは叶わないだろう。

『おぬしの見立ては？』

「手探りで活路を見い出すしかないですね」

つまりは、出たとこ勝負。

鑑定が効かず、手のうちも知ることができない現状では、戦略の立てようもない。そんな状況であっても、放置できないことだけは確かだ。

『あい分かった。強者のみに絞り、動ける者をそちらに向かわせる。じゃが、それぞれが戦闘をしておる。人的被害を出さずに耐えられるか？』

「……どうにかしてみせます」

それ以外に、道はないのだろう。

優先するのは、国民とリリたちの命。時間稼ぎくらいなら、俺でもできると思う。

『すまんな。蜘蛛《くも》の化物を倒し次第、儂もそちらに向かう。無駄に散るでないぞ』

その言葉を最後に、通話が切れた。

不意に速度を上げた狼が、チラリとこちらに顔を向けたあとで、細い通路へと入っていく。

慌てて角まで進み、細い道に視線を向ける。

「二人とも、この先に何があるか知っていたりするか？」

「いえ……」

「分からないわね」

細い道が右に曲がっていて、先が見通せない。

周囲に狼の姿はなく、先に進んだのは間違いなさそうだ。

二人と視線を合わせて、小さく頷き合う。焦る気持ちを抑えて、慎重に細い道を進んでいく。

「くひひ、本当に来るとは思わなかったなー。ほら、目的地はここだぜー？」

俺たちの顔を見た狼が、楽しそうに前足を振り上げる。

爪の先が建物の壁に触れ、大きな穴が開いた。

身を屈めた狼が、その中へと入っていく。

「使われていない倉庫か……」

外観を見る限りだが、外れてはいないだろう。

リリたちと互いに守りを固めながら、倉庫の中へと入っていく。

中は薄暗く、埃っぽい。

そう思っていた矢先、パチン、パチン、パチンと、大きな照明が、倉庫の中を照らした。

「ようこそ。王国を逃げ出したクズと、救いようのない生徒たち」

「くひひひ。そんなにびびってないで、楽しめよ」

見えたのは、床に寝そべる狼と、紺色のスーツを着た男の姿。

【名　前】ベルン・アイベード（32歳）
【状　態】生命力：１７４／１７４　魔力量：０／２８７
【補　足】訓練校に勤務していた元軍人。豊富にあった魔力の全てを悪魔に捧げた。

「――ベルン先生!?」

「リリの知り合いか？」

「はい。去年、地方の学校に転属になった先生です。私たちが暮らす施設にも、たまに教えに来てくれていました」

複雑に入り組む魔力に阻まれて詳しい数値こそ見えないが、体力はリリたちの半分くらい。

犯罪歴や悪魔など、色々と気になる箇所はあるが、人間なのは間違いなさそうだ。

「ベルン先生がどうしてここにいるんですか!?　これじゃ、まるで――」

「ええ、今回の騒動の犯人は、私ですよ」

楽しそうに口元を歪めた男の隣で、狼が顔を持ち上げて、くひひひと笑う。

震えるリリの手を握ったマルリアが、男に鋭い視線を向けていた。

「昔からなんか胡散《うさん》臭いとは思ってたけど、一応聞いておくわ。どうしてこんなバカな真似を？」

「なに、ただの復讐ですよ。私の本当の力を使えば、調子に乗っている君たちをぐちゃぐちゃにできると聞きましてね」

「……本当の力？　その狼のことかしら？」

「ええ。この可愛い狼も、ルルベールが手こずっている蜘蛛も、城の中で暴れている芋虫も。その全てが私の力だ！」

声高に叫んだ男が、心の底から楽しいとばかりに、腹を抱えて笑う。

「部下を育成する実力がない？　自身の成長が見られない？　そんな下らない理由で私を中央から遠ざけた者に神罰を下す！　これは聖戦だ！」

どうにも情緒が怪しく見えるが、おおよその経緯は分かった。

おそらくは、逆怨みの類いだろう。

「マルリア。あの男が地方に飛ばされた理由は分かるか？」

「ええ。単純な実力不足よ。部下の育成をしなかったせいで、任務に失敗したらしいわ」

「失敗などしていない！　無能が何人死のうが、目標を私の手で殺せれば問題ない！」

「……時には、部下を巻き込む形で魔法を撃ち込んだと聞いてるわ」

なるほどな。詳しい状況は分からないが、犯罪に近いことをやったわけか。地方への転属も、追放の意味合いが強そうだ。

「やはり、無能に私の言葉は通じませんか。まあ、いいでしょう。どのみち、この子たちのエサになる存在です」

狼の肩に手を乗せた男が、嬉しそうに目を細める。その視線が、何故か俺の方に向けられた。

「それとそこのクズ。アルトと言いましたか？　あなたには感謝しているんですよ。あなたのおかげで、私は本当の力を手に入れた」

「……言っている意味が分からない」

間違いなく、こいつとは初対面のはずだ。

本当の力とやらにも、心当たりはない。

「先日、あなたを捜している王国の人に会いましてね。その方に、私の本当の力を教えてもらったんですよ」

「俺を捜している？」

「ええ。どうしてもあなたを殺したいと言ってました」

「……なるほど」

以前にマルリアを拐《かどわ》かした貴族か、それと同じ類《たぐ》いの人間か。

「私はこの戦いで、王国の貴族になります。逃げ出すことしかできなかったあなたや、無能なあなたたちと違ってね」

羨ましいでしょ、とばかりに男が胸を張った。

本当に誇らしげな顔で得意げに笑っている。

王国の貴族になれることが嬉しい。その気持ちが、どうしても理解できない。

「帝国を捨てて、王国に行きたいなんて。あんた、正気か？」

どのような約束があるのかは知らないが、ろくでもない未来が待っているとしか思えない。

男が自分の力だと言っている狼も、退屈そうに寝そべっているだけだ。男のことをなんとも思っていないように見える。

「一応聞くが、王国の内部を見たことはあるか？　騙されている可能性が高いと思うぞ？」

できればここで思い止《とど》まってほしい。そして、帝都内部に解き放った魔物を消してほしい。

そう願いはしたが、叶うはずもない。

「くくく。あなたこそ、帝国の無能たちに騙されているようですね」

案の定と言うべきか、俺の言葉を聞く気はないようだ。

「無能な部下を連れているあなたには、私の力の素晴らしさは理解できないでしょうね」

それにどう足掻いても、彼と話を合わせられるとも思えない。

どうにかして突破口になりそうな情報を得たかったのだが、時間切れらしい。

「それでは、楽しい狩りの時間です。噛み殺してきなさい」

「仕方ねぇな。贄一つでいいぜ？」

「……いいでしょう」

ゆっくりと立ち上がった男が、懐に手を入れる。

出てきたのは、禍々《まがまが》しいオーラを放つ角のようなもの。

慌てて全ての魔力を向けたが、鑑定結果を見ることは叶わない。

狼や黒い布のようなすり抜ける感覚じゃない。蛇の化物を産み出した短剣と似た気配がある！

「二人とも、離れろ！」

何をするのか見当も付かないが、どう考えてもやばい代物だろう。

慌てて距離を取る俺たちの前で、角の先から煙のようなものが漂い始めていた。

その煙が、ゆっくりと狼の体を覆い、口の中に吸い込まれていく。

その瞬間――

【名　前】悪魔の化身
【状　態】生命力：660／660
【贄　数】18
【補　足】召喚主と同期したことにより〈邪神の守り〉が消滅。喉に生命維持の要を持つ。
斬撃魔法、火炎魔法を使う。

何故か、狼に鑑定魔法が届いた。

狼の体が急激に膨らみ、鋭い視線が男を見下ろす。

「てめぇ、どさくさに紛れて何をしやがった」

「いやなに。キミの力を少しだけ借りただけだよ。気にしないでくれ」

「……ちっ、楽しい気分に水差しやがって」

何やら揉めているようだが、それ以上に気になるのは、今度は男の鑑定ができなくなったこと。力を借りたと言っていることを踏まえて考えると、俺の鑑定を拒む何かが、男の方に移ったと見るべきか。

「私は少女たちの相手をするよ。キミはあの男を食い殺してくるといい」

「……けっ、面倒な召喚主だな」

不貞腐《ふてくさ》れた表情で、狼が息を吐く。そんな狼とは対照的に、男はどこまでも楽しそうだ。

そんな男たちを横目に見ながら、リリの杖に触れる。マルリアの手にも杖を触れさせて、狼の鑑定結果に意識を向けた。

（二人とも聞こえるな？　邪神の守り——蛇の化物が使っていた力をあの男が持っている可能性が高い。こちらの攻撃は、効かないと思っていい）

ここにマイロくんがいてくれれば、魔法を消すこともできたのだろう。だが、ないものをねだっても仕方がない。

（分かったわ。それで？　どうしたらいいのよ？）

（指示をお願いします！）

（まずは逃げ回ってくれ。できるだけ男の注意を引いて、時間を稼いでほしい）

男が二人を、狼が俺を狙ってくる。

二人が時間を稼いでいる間に、俺が狼を倒せば、状況は好転する可能性が高い。

（あいつの守りは狼が持っていた力だ。俺が狼を倒した瞬間を狙って男に攻撃を仕掛けてほしい）

（……ねぇ、それって、あんたが一人であの狼と戦うってこと？）

（ああ。それが最善だと判断した）

他に良さそうな選択肢も思い浮かばない。

（……分かりました）

（死んだら承知しないんだからね!?）

悔しそうに唇を噛み締めたマルリアが、二本のナイフを両手に持って走り出す。

泣きだしそうな目を鋭く変えたリリも、マルリアと反対方向に駆け出した。

「おや、不思議な行動をしますね？　この私を前にして走ることになんの意味が？」

「バカなあんたに分かるわけないでしょ。悔しかったら追いかけてきなさいよ！」

「ずいぶんと安い挑発ですね。ですがいいでしょう。まずはあなたから生贄にしてあげますよ」

重い腰を上げた男が、マルリアを追いかける。

リリは足音を消すようにして、男の背後へと近付いた。

「なるほど、それが狙いですか」

男が足を止めて、リリに視線を向ける。

「っ――!!」

いかにも驚いたとばかりに目を見開いたリリが、大きく後ろに跳んだ。

そんなリリを追いかけるでもなく、男が肩をすくめて立ち尽くす。

「全てが浅いですね。実力もなければ、知恵もない。救いようがありません」

「うるさいわよ！　今すぐ死になさい！」

マルリアがリリと入れ替わるように近付き、男の背中を目掛けて、ナイフを投げつける。

先端が紺色のスーツに当たる直前で、ナイフが見えない何かに弾かれた。

「えっ……」

「くふふ、無駄なんですよ。そんなもので、この私をどうにかできると思いましたか？」

「くっ……！」

悔しそうに顔を歪《ゆが》めたマルリアが、残ったナイフと共に距離を取る。

だが、投げナイフが効かないことくらい、はじめから分かっていた話だ。

「あなたたちを生贄にするのは、あとにしましょう。そちらの方が楽しそうです」

マルリアたちの目的は、男の自尊心を高めること。

「バカな上司が食い殺される姿を見てもらった後で、生贄にしてあげますよ」

一分にも満たない時間で、最高の言葉を引き出してくれた。

隙のない構えを見せる二人とは対照的に、男は武器を取り出してすらいない。

リリもマルリアも、俺のオーダーに応えてくれた。あとは俺が、狼を倒せばいい。倒せなくても、時間稼ぎくらいにはなる。

「あーあ、俺様の召喚主は、ほんとーにバカだよな。おだてられているのが分かんねーのかねぇ？」

「……本人に言わなくていいのか？」

「いいんだよ。そっちの方がおもしれーだろ？」

寝そべったままの狼が、くつくつと喉を鳴らしている。

どう見てもやる気はなく、自由気ままと言った様子だ。

「何をしている！　早く食い殺せ！」

「へいへい。分ーかりましたよー。ったく、しゃぁねぇな」

ゆっくりと体を持ち上げた狼が、はぁー……と溜め息を吐く。

「命令された戦いなんて、テンション上がらねぇんだけどなぁ」

そんな言葉と共に、巨大な後ろ足が地面を蹴った。

予想以上の速度で狼の顔が目の前に迫り、慌てて横に跳んで避ける。

巨大化した狼の体が足のすれすれを通り過ぎていった。

「へぇ、今のを避けるのか。やるねぇ」

跳ね起きた先に見えたのは、息がかかりそうなほど近くで右前足を振り上げる狼の姿。

慌てて短剣を構えた俺の顔を目掛けて、鋭い爪が振り下ろされる。

「っ――!!」

短剣が弾かれ、体が後ろに流れる。

地面を叩いた狼の前足が、俺の腹を蹴り上げるように振り上げられた。

迫りくる死の気配を地面に倒れるようにして避け、耳元を通っていく狼の足に短剣を突き立てる。

「おー、案外やるねぇ。楽しくなってきたぜ？」

手応えはあったが、狼に痛がる素振りはない。

足を止めて俺の方へと向き直った狼が、ニヤリと笑いながら前足を持ち上げる。

「頑張って付けたキズだから残しておいてやりてーんだけどよ。自動で治っちまうんだわ」

先輩たちに任せてきた奴らと同じように、狼に付けたキズが、ゆっくりとふさがっていく。

まずは相手の機動力を奪う。そんな作戦だったのだが、無駄だったようだ。

「さてと、仕切り直しと行こうか」

大きく息を吸い込んだ狼が、体中に魔力を巡らせていく。

前足が上がり、爪の先に大量の魔力が集まっていた。

チラリと周囲を流し見て、リリたちがいない方に走り出す。

前足が振り下ろされる瞬間を狙い、横に大きく跳んだ。

「あん時も思ったがな、魔力が見えるとか言わねーよな？」

「なっ――！」

地面を抉る斬撃と共に、狼が走りだす。

体勢を立て直す間もなく、狼の爪が目の前に迫っていた。

――避けきれない。

焦る気持ちを抑えて、予備の短剣を引き抜く。両手で短剣を握り締め、迫りくる爪を斬りつけた。

強い衝撃と共に体が後ろに流されて、地面を転がっていく。

「ちょっと！」

「アルト様！」

「……大丈夫。問題ないよ」

遠くから聞こえる二人の声に答えながら、痛みをこらえて立ち上がる。

慌てて短剣を構えたが、狼は楽しそうにこちらを見ているだけで、追撃はしてこない。

無理にでも左手を持ち上げようとするも、いつものようにはいかなかった。

痛みの感じからして、骨が折れたか、ヒビが入ったか。そのどちらかだろう。

「お前、本当に人間か？　今ので生きてるなんて、どうかしてるぜ？」

「……誉められている。そう思っていいんだよな？」

「おうよ。すげー楽しいぜ」

俺は、これっぽっちも楽しくないがな。

吹き飛ばされたことで、全身がキズだらけ。額からは脂汗が流れ、息が詰まる。

スピードもパワーも、相手が上。奴が本気になれば、避け続けるのは不可能だ。

「今度はこちらから攻めさせてもらうよ」

そうして活路を見い出す以外に、選択肢はない。

「へえー？　やっぱおもしれーな」

自分の力に絶対の自信を持ち、子供のように戦闘を楽しんでいるような奴だ。

俺の策を正面から受け止めるまでは、明確な反撃はしないだろう。

「人間の力を見せてあげるよ」

「それは楽しみだな」

ニヤリと笑いながら狼目掛けて走り出す。

ただ真っすぐに、狼の正面に走り込む。

「何をしたいのか知らねーが。そんなんじゃ、死んじまうぜー？」

前足が持ち上げられて、俺を追い払うように蹴る。

案の定と言うべきか、狼はどっしりと構えたまま、その場を動く気はなさそうだ。

迫りくる爪を紙一重で避けて、狼の足下に潜り込む。

「……動きだしが早すぎるだろ。予知か？」

「さてな」

鑑定と経験を元にした予測だ。予知ができるのであれば、こんなに苦労はしていない。

鑑定に記された敵の弱点は、喉の奥。

【名　前】悪魔の心臓
【ランク】S
【価　格】測定不能

蛇の化物にもあった玉を目掛けて、短剣を突き刺した。

「へえー。俺様の弱点まで分かるのか」

狼は避けることすらせずに、短剣を喉で受け止める。

全身の力を込めるが、刃が先に進まない。

「悪くない攻めだったぜ？　それとも続きがあるのか？」

慌てて距離を取る俺を眺めた狼が、楽しそうに笑っていた。

刃が通らないのであれば、打撃系の武器――杖が主体のリリなら！　そんな思いが頭を過るが、試すにはリスクが高すぎる。

弱点を知っていると相手に知られた今となっては、奇襲はもう効かない。

打撃系が本当に効くのであれば、奴は本気で止めに来る。

「おー？　なんだ？　悩んでるのか？　いいぜ。もっと楽しませてくれよ」

唯一の救いは、奴が本気を出していないことくらいか……

――そう思っていた矢先。

「茶番に付き合うな！　遊びたいのなら、階級の高い奴らにしろ！」

男の怒鳴り声が、倉庫の中に響いた。

狼の視線が男に向けられ、鋭さを増していく。

全身の毛が逆立ち、見るからに怒気をはらんでいた。

「クズが」

吐き捨てるように呟いた狼が、俺を見る。

狼の体に流れる魔力が膨らみ、喉の奥に集まっていく。

「俺の遊びに水を差しやがって」

口が大きく開かれて、鋭い視線が俺を睨み付けていた。

次いで見えたのは、喉の奥に光る小さな炎。

全身から冷や汗が流れ出し、俺は慌てて走りだした。

「――死ねや！」

苛立ちを含んだ声と共に、爆発するような熱気が迫ってくる。

慌てて地面に倒れ込んだ俺の頭上を、見たこともない巨大な炎が包み込んだ。

「避けてんじゃねぇ！」

大きく跳んだ狼が、炎を切り裂くように飛び込んでくる。

地面を転がり、爪を避けた俺の行く手を阻むように、狼の鋭い目が見下ろしていた。

「どいつもこいつも、俺様をイライラさせやがって！」

歯を剥き出しにした狼が、地面を蹴る。

口が大きく開かれ、鋭い牙が目の前に迫る。

――避けきれない！

そんな思いとは裏腹に、俺の目は、牙の奥に見える黒い玉に釘付けだった。

敵の弱点が、目の前にある。

奴は見るからに冷静さを欠いている。

「――そう思ったよな？」

「なっ……！」

短剣を握り締めた俺の前で、狼がピタリと動きを止めた。

見えたのは、喉の奥に浮かぶ小さな炎。

「この魔法に、予備動作は必要ないんだ」

俺の短剣が届かないギリギリの場所で、狼から炎が溢れ出した。

炎魔法に魔力操作が必要だと思ったのも、冷静さを欠いていると思ったのも、全てが奴の手のひらの中。

「楽しかったぜ」

視界の全てが炎に包まれ、膨大な熱量が襲いくる。

どう見ても避けられない。相討ちすら叶わない。

「うそ……」

「アルト様！」

俺が死んだあと、リリとマルリアは逃げてくれるだろうか？　別の場所で戦っているであろうフィオランやマイロくんも、無事に生き延びてくれるだろうか？

まあ、四人とも優秀だからな。俺なんかが心配しなくても、大丈夫だろう。

――そう自分の死を覚悟した、その時。

【名　前】幸運のブローチ
【ランク】B
【価　格】販売不可
【製作者】マルリア
【補　足】使用者はアルトのみに限定され、精製術により魔法攻撃によるダメージを軽減する力が加えられている。

胸に着けたブローチが、淡い光に包まれていた。

熱さは感じるが、死ぬほどじゃない。

「優秀な部下に助けられてばかりだな」

小さなヒビが入るブローチを見下ろしながら、愛用の短剣を握り締める。

吹き付けられる炎を切り裂くように、切っ先を掲げた。

「なっ――!?」

炎の向こうに見えたのは、鋭い牙と黒い玉。

熱のせいで赤くなった短剣を黒い玉目掛けて突き出した。

【名　前】悪魔の化身
【状　態】生命力：0／660

粉々に砕け散る黒い玉を背にして、二人に目を向ける。

「リリ！　マルリア！」

「はっ、はい！」

「……別に心配なんてしてなかったんだから！」

リリの杖が腹に当たり、男の体がくの字に曲がる。

マルリアが投げたロープが、男の足を力強く縛り上げた。

「ぐっ……無能の分際で、ただで済むと思っているのか！」

「何よ、うるさいわね！　腕の次は口をふさぐわよ⁉」

地面に転がった男が、余裕のない表情で二人を睨みつける。

不意にその手が上着のポケットに触れ、男がニヤリと笑った。

「二人とも！　そいつの手を――」

「やはり無能は、判断が遅すぎますね」

男の言葉が合図だったかのように、黒い角がポケットを引き裂き浮かび上がる。

慌てて距離を詰める俺を嘲笑うかのごとく、角の先から凄まじい量の霧が溢れ出していた。

「一匹倒した程度で安心するなんて、本当にバカですね。消えたのなら、また呼べばいい。それだけです」

男の言葉に合わせるように、魔法陣が広がっていく。

【名　前】召喚の魔法陣

模様や色は、狼が出てきた時と同じものだ。鑑定結果にも違いはない。だが、込められている魔力量が違いすぎる！

「生贄は、先ほどの十倍にしましょう。狼を倒したキミたちへのサービスです」

このままでは、本当に取り返しの付かないことになる。そう思わせるのには、十分な魔力量だ。

狼の十倍の生贄という言葉も、誇張ではないだろう。

「アルト様！」

「あんたなら、どうにかできるわよね!?」

二人からの信頼には応えたいが、厳しいと言わざるを得ない。

召喚の魔法陣に関しては、狼の時に一度見ている。

転移の魔法陣を打ち消した時のように、魔力の流れを逆からたどることは可能だろう。

だが、流れる魔力の量が違いすぎる。できるとすれば、発動を遅らせる程度だ。

——それでも、しないよりはいい。

「二人とも、力を貸してほしい！」

そう声をかけながら、俺は地面に描かれた魔法陣に触れ、魔力を流し込む。

押し寄せる相手の魔力に衝突させて、打ち消していく。

「リリは、俺と同じように魔力を流してくれ！　できるか？」

「えっと、頑張ります！」

練習する間もなく、見よう見まねになるが、やってもらうしかない。

「マルリアは、作ったものを全て魔法陣の上に！」

「——！　分かったわ！」

不思議そうな顔をしながらも、マルリアがパチンとポシェットのがま口を開く。

手の上で逆さまにして、山盛りのブローチを魔法陣の上にばら蒔《ま》いた。

「私も魔力を流せばいいのよね!?」

「ああ！　頼めるか？」

「当たり前じゃない！」

力強い言葉と共に、マルリアが魔法陣に触れる。リリよりも弱々しい魔力だが、無意味じゃない。

失敗作だというブローチたちが流れを阻害し、二人の魔力が俺を援護する。

それでも、できて遅延までだ。

「無能が集まって何をしているのか知りませんが、形勢逆転ですね」

愉快そうに笑った男が、壁の切れ目に視線を向ける。

この先に見えたのは、巨大なカマキリの姿。

魔力を向ける余裕はないが、間違いなく魔物だ。

「この邪魔なロープを切りなさい」

カマキリが男の言葉に従うように近付き、ロープだけを切り捨てる。

男は立ち上がり、腕や足の調子を確かめ、大きく背伸びをした。

「アルト様！」

「ちょっと！　どうするのよ!?」

慌てる二人を横目に、俺は迫りくるカマキリに視線を向ける。

切れ味の良さそうな鎌を見つめて、俺はニヤリと笑ってみせた。

「俺たちの粘り勝ちだな」

カマキリの両手が地面に落ちて、その頭に矢が突き刺さる。

「……ん。間に合った」

物陰から姿を見せた少女――サーラが、カマキリを蹴り跳ばして、男に迫る。

その背後には弓を構えるフィオランとマイロくんの姿がある。

肩に矢が刺さり、呻き声を上げる男の首筋に、剣が押し当てられた。

「動いちゃだめ」

「くっ……!!」

これで邪魔者は消えた！　あとは、この魔法陣だけ！

「マイロくん、申し訳ないが急いでキミの力を借りたい！」

「はい！」

慌てて駆け込んでくるマイロくんの姿を見ながら、魔力を高めていく。

リリとマルリアもほっとした表情を浮かべながら、魔法陣に目を向けた。

「俺たちと一緒に、魔法陣に触れてもらえるかな？」

「分かりました！」

大本から断つのが一番早いのだが、得体の知れないものに触れてもらうのは気が引ける。

俺たちの側まで駆け寄ったマイロくんが、勢い良く手を付く。

「リリ、マルリア。行けるな？」

「はい！」

「当たり前じゃない！」

マイロくんの手が魔力を大量に打ち消してくれたおかげで、抵抗感が消えた。

リリとマルリアの援護が増え、ばら蒔いたブローチが光り輝く。

「一体何を……」

「これが、お前がバカにした彼女たちの力だよ」

部下と力を合わせる。

「一生理解できないだろうな」

得意気に胸を張った俺の前で、魔法陣が音を立てて崩れていた。

エピローグ

狼を倒してから数十分。

「全員、無事か！」

殺気を身に纏ったルルベール教官が姿を見せていた。

ロープでぐるぐる巻きにした男と角を引き渡して、これまでの経緯を説明する。

「ほぉ？　この角が魔物を召喚しおったわけか……うむ、蛇に引き続き、おぬしらには世話をかけたのぉ」

「いえ、俺たちは、自分たちにできることをしただけなので」

男は牢屋に。角の方は、魔術関連の専門部隊が回収しに来てくれるそうだ。
あとのことは専門家に任せるだけなので、俺たちがすることは、もう何もない。

「教官としておぬしらを鍛えるつもりじゃったが、すでに抜かれておるやもな」

「いやいや、たまたま俺たちの担当に敵がいただけですから」

合流した後で聞いた話だが、ルルベール教官は、数千人の住民を守りながら、無限に増える蜘蛛と戦っていたらしい。しかも、たった一人で。

髭おやじの隊長は、姿が見えない敵と。ルドルフ少佐は、地面や壁と同化する敵と戦っていたそうだ。

それでいて、掠り傷一つない。

どう考えても、教官たちにしかできない戦果だ。

俺なんかじゃ、どう足掻いても無理だろう。

「それに、今回も部下に助けられただけですし」

魔法陣にとどめを刺してくれたマイロくんを筆頭に、サーラやフィオランの援護には本当に助けられた。

それにリリの支援魔法もそうだが、マルリアが作ってくれたブローチがなければ、消し炭にされていたからな。

「ふむ。まぁ、いいじゃろ。女王陛下より褒美が出るとは思うがの。先に儂の権限で、おぬしら全員に、金一封と七日間の休息を与える」

「なっ……！」

七日間⁉　それって、まさか……

「ななれんきゅうってことですか⁉」

「うむ。その通りじゃ。ゆっくりと体を休めるといい」

「はい！　ありがとうございます！」

七連休ってまじか！　間違いなく、人生初だ！

三連休の二倍以上ってことだろ⁉

帝国、やばいな！　王国を捨ててきて、本当に良かった！

「みんな！　休み中は、ずっと自由でいいぞ！　俺も自由にするからな！」

まずは、黒い布の鑑定からだ。その次に、敵にバレない鑑定方法の模索。

七日間もあれば、なんでもできるな！

「アルト様、すっごく楽しそうですね」

「ああ！　最高の褒美をもらったからな。っと、そうだ。またみんなで何か美味しいものでも食べにいかないか？」

今回もずいぶんと助けられたからな。せめて美味しいものでもご馳走しないと気が済まない。

「はい！　行きたいです！」

「うんうん。お姉さんも賛成！」

「そうね。仕方がないから付き合ってあげるわよ」

みんなも乗り気らしい。あとは……

「サーラも一緒にどうだ？」

「……ん？　いいの？」

「ああ。サーラにも助けてもらったからな」

カマキリを斬ってくれたこともそうだが、道中もフィオランとマイロくんを守りながら急いで来てくれたらしい。

「ん。行く」

「よし、決まりだな」

本当はルルベール教官も誘いたいのだが、さすがに忙しそうだ。

「何か食べたいものはあるか？」

「えっとえっと、焼き肉がいいです！」

「お姉さんは、お魚がいいわね！」

「ハンバーグなんてどうですか？」

「バカね。せっかくだから、普段は食べられないようなステーキがいいに決まってるじゃない！」

「……パスタ」

「見事にバラバラだな。せっかくの七連休だ！　全部行くか！」

「「「賛成！」」」

「……賛成」

力強く頷いたみんなの楽しそうな声が、夕暮れ迫る倉庫の中に響いた。

「銀座編」開幕!!
累計630万部(電子含む)突破!
ゲート SEASON1〜2
大好評発売中!
漫画
最新20巻
12月16日刊行!
※地域によって流通が遅れる可能性があります。
SEASON1　陸自編
単行本
●本編1〜5／外伝1〜4／外伝+
●定価:本体1,870円(10%税込)
文庫
●本編1〜5〈各上・下〉／
外伝1〜4〈各上・下〉／外伝+〈上・下〉
●各定価:本体660円(10%税込)
漫画
漫画:竿尾悟
●1〜19(以下、続刊)
●各定価:本体770円(10%税込)
SEASON2　海自編
単行本
●本編1〜5
●定価:本体1,870円(10%税込)
文庫
●本編1〜3〈各上・下〉
●各定価:本体660円(10%税込)

大ヒット
異世界×自衛隊
ファンタジー
ゲート0《ゼロ》
GATE:ZERO
自衛隊
銀座にて、
斯く戦えり
〈前編〉
柳内たくみ
Yanai Takumi
ゲート始まりの物語
「銀座事件」が小説化!
20XX年、8月某日——東京銀座に突如『門（ゲート）』が現れた。中からなだれ込んできたのは、醜悪な怪異と謎の軍勢。彼らは奇声と雄叫びを上げながら、人々を殺戮しはじめる。この事態に、政府も警察もマスコミも、誰もがなすすべもなく混乱するばかりだった。ただ、一人を除いて——これは、たまたま現場に居合わせたオタク自衛官が、たまたま人々を救い出し、たまたま英雄になっちゃうまでを描いた、7日間の壮絶な物語——
ゲート0
自衛隊
銀座にて、
斯く戦えり
〈前編〉
GATE:ZERO
柳内たくみ
アルファポリス
首都東京に、突如開かれた『門』。
中から現れた怪異達が、人々の殺戮を開始した——
銀座崩壊!
その時、日本を救ったのは、一人のオタク自衛官だった?
累計
630万部!
大ヒットファンタジー『ゲート』始まりの物語が甦る!
●ISBN978-4-434-29725-0 ●定価：1,870円（10%税込） ●Illustration：Daisuke Izuka

この作品に対する皆様のご意見・ご感想をお待ちしております。

おハガキ・お手紙は以下の宛先にお送りください。

【宛先】

〒150-6008 東京都渋谷区恵比寿 4-20-3 恵比寿ガーデンプレイスタワー 8F
（株）アルファポリス　書籍感想係

メールフォームでのご意見・ご感想は右のＱＲコードから、
あるいは以下のワードで検索をかけてください。

アルファポリス　書籍の感想　検索

ご感想はこちらから

本書は Web サイト「アルファポリス」（https://www.alphapolis.co.jp/）に投稿されたものを、
改題・改稿、加筆のうえ、書籍化したものです。

実力主義《じつりょくしゅぎ》に拾《ひろ》われた鑑定士《かんていし》 2
奴隷扱《どれいあつか》いだった母国《ぼこく》を捨《す》てて、敵国《てきこく》の英雄《えいゆう》はじめました

薄味《うすあじ》メロン

2021年 12月31日初版発行

編集－藤井秀樹・宮田可南子
編集長－太田鉄平
発行者－梶本雄介
発行所－株式会社アルファポリス
〒150-6008 東京都渋谷区恵比寿4-20-3 恵比寿ガーデンプレイスタワー8F
TEL 03-6277-1601（営業） 03-6277-1602（編集）
URL https://www.alphapolis.co.jp/
発売元－株式会社星雲社（共同出版社・流通責任出版社）
〒112-0005 東京都文京区水道1-3-30
TEL 03-3868-3275
装丁・本文イラスト－桶乃かもく
装丁デザイン－AFTERGLOW
印刷－図書印刷株式会社

価格はカバーに表示されてあります。

落丁乱丁の場合はアルファポリスまでご連絡ください。

送料は小社負担でお取り替えします。


ISBN978-4-434-29628-4 C0093